UN MONDE BEAU, FOU ET CRUEL

DU MÊME AUTEUR

Karoo Boy, Flammarion, 2006 ; 10/18, 2008.
Oranges sanguines, Flammarion, 2008.

Troy Blacklaws

UN MONDE BEAU, FOU ET CRUEL

Traduit de l'anglais (Afrique du Sud)
par Pierre Guglielmina

Flammarion

Titre original : *Cruel Crazy Beautiful World*
Éditeur original : Double Storey Books,
a division of Juta & Co Ltd

ISBN : 978-2-0812-9006-8

Pour Daniela.

« It's a cruel crazy beautiful world… »

Johnny Clegg & Savuka

1

Le Cap. Décembre 2004.

Un garçon mène une vache maigre, jaune pâle, le long d'une passerelle métallique au-dessus de l'autoroute N2 à la périphérie de la ville. La passerelle est entièrement grillagée pour empêcher les vaches cinglées de sauter et les garçons amers de lâcher des briques sur les automobiles qui dévorent le macadam au-dessous. Pour ces garçons, cette liberté que Mandela a tant désirée, c'est une blague.

Un voile de fumée et la poussière d'été qui traîne au-dessus du bidonville de Crossroads.

Derrière nous, le soleil est en vol stationnaire au-dessus de la montagne de la Table.

Sur le bord de la route, une dépanneuse, telle une mante religieuse morbide, rêve de sa prochaine victime.

Et, à la radio, Miles Davis souffle ses notes aiguës de cigale.

Regardez mon vieux, une main paresseuse sur le volant de sa Benz de 1974, vert céladon, et l'autre en train de peigner ses cheveux en ailes de corbeau. Zero Cupido :

avec sa chemise hawaïenne flottante et ses bottes en serpent, il ressemble à un personnage un peu louche de dealer cubain dans un film américain. En fait, il est moitié malais, moitié cubain. Avec une petite goutte de sang *hottentot*. Théoriquement, il est musulman. En réalité, il adore le whisky et le porc, et il n'a pas mis les pieds à la mosquée depuis longtemps. Il n'a aucune intention de faire le Hadj, mais il aime bien orienter sa vie vers La Mecque. Il trace une flèche du bout du pied dans le sable chaque fois qu'il est à la plage. Il a dessiné une flèche au crayon sous le toit de la véranda. Quand il erre comme un fantôme dans Le Cap, il lève les yeux vers les étoiles pour trouver le sud et calculer ensuite où se trouve La Mecque. Ce repère imaginaire dans sa tête, c'est, me dit-il, *ce qui empêche le monde de tourner dans n'importe quel sens*.

Sans aucune raison apparente, Zero a décidé de mettre les choses au point. *Jero*, m'a-t-il dit, *la vie de parasite, c'est fini*. Il ne va plus jeter son argent, consciencieusement gagné (?!), par les fenêtres pour un fils qui est *un vagabond et un rêveur : toujours à flâner sur la jetée, toujours à siroter des cocktails avec des pseudo-artistes homos, toujours à griffonner des poèmes à l'eau de rose*. Il a craché le mot *poèmes* comme il aurait craché un noyau de litchi. Il n'a plus de temps à perdre avec *des putains de jonquilles qui dansent dans la brise*. Savoir s'il recycle le seul vers dont il se souvienne de l'époque de l'école ou s'il traite tous les poètes et autres artistes de *jonquilles*, ce n'est pas clair.

Mon vieux pense qu'il a les pieds sur terre. Il passe son temps à polir sa Benz, à palper les seins des putains, à couper des tranches de *biltong* de koudou, à asperger ses *fish and chips* de vinaigre, à retourner des côtelettes brûlantes du bout des doigts qu'il lèche ensuite. Il n'y a pas une once de finesse en lui. Son idée du raffinement : astiquer le canon de son Colt 45 avec un chiffon sale, ou bien mesurer et ajuster l'avance à l'allumage de ses bougies. Il veut que l'étincelle fuse… pour *se consumer sans laisser de traces.*

Je méprise en silence son monde de drogue et de deal, son temps passé à siffler les écolières en jupe courte, à jouer au billard dans des bars louches, à additionner ses gains sur une boîte d'allumettes et à fumer de gros cigares de La Havane.

Pour Zero, ma façon de m'adapter à l'éphémère, aux choses qui ne sont ni ici ni là, est un vrai mystère. Moi, je suis sidéré par le bruit que font les vieux en aspirant à travers les espaces vides entre leurs dents. Je renifle la volute de fumée qui s'échappe d'une bouteille de bière à peine décapsulée comme si c'était du parfum. J'aime le jambon de Parme coupé en tranches opaques. Je m'attarde dans les cinémas longtemps après la fin d'un film pour profiter de l'ambiance autant que possible. J'adore les films d'art et d'essai avec leurs dénouements complètement zen qui restent suspendus dans l'atmosphère. Je fixe des lampes à lave jusqu'à ce que je voie des flamants roses et des fantômes. J'écoute de la musique folk indie et du garage rock bizarre plutôt que du hard-rock. Tout cela fait de moi un *moffie* à ses yeux. Une tapette du vers libre, à l'âme sans attache.

Il n'a pas entièrement tort. J'ai toujours que dalle sur le papier après deux ans de travail sur ma thèse consacrée à García Márquez, à l'université du Cap. Je me suis perdu dans le labyrinthe poussiéreux de sa mentalité latino-américaine. Toutes les pensées que j'avais posées par écrit sont devenues des poèmes… et une pièce de théâtre. *Perdu ?* Pour Zero, cela dépasse l'imagination. Il ne s'aventure jamais au-delà des Cape Flats sans une carte à la main. Il adore déplier une carte routière et suivre du doigt la N2 jusqu'à Durban. Et rire ensuite quand je tente maladroitement de replier sa carte comme un origami, en respectant les plis originaux. C'est un peu ironique pour un homme à l'éthique aussi floue d'être autant obsédé par les points cardinaux dans un pays où les bidonvilles en pleine expansion rendent les cartes obsolètes du jour au lendemain.

Je le maudis de m'avoir exilé à Hermanus pour y survivre tout seul : ce trou perdu de ville portuaire au sud-est du Cap. *Hermanus.* J'espère que vous n'en avez jamais entendu parler.

Nous passons devant un feu qui fait rage sur la bande de séparation de l'autoroute. Un vieil homme aux allures de sorcier agite un chasse-mouches au-dessus des flammes.

Mes amigos ont pitié de moi. Au crépuscule, ils vont tous se rendre au port du Cap pour saluer le coucher du soleil en buvant des verres. Ils vont discuter de leurs rêves d'enregistrer un disque, se lancer dans leurs théories fumeuses pour expliquer pourquoi le rêve arc-en-ciel de Mandela a été perdu de vue dans ce pays de contradictions. Et moi, je serai où pendant ce temps-là ? À Hermanus, l'autre versant de Hangklip, loin de la verve jazzée du Cap.

« Mon père et le père de mon père étaient pêcheurs à Kalk Bay », entonne Zero. « Jero, mon garçon, tu descends d'une longue lignée de pêcheurs. »

Il détourne son attention du sigle Benz sur le capot pour me dévisager sans cligner des yeux, histoire de me foutre la trouille.

Je crois qu'il tente par là de me prouver la futilité et l'absurdité d'étudier García Márquez.

« Mais, Papa, cette mer a été vidée de ses poissons, et les pêcheurs disparaissent les uns après les autres. Et puis mon autre grand-père a enseigné la philosophie. »

Il a enseigné à Vienne jusqu'en 1937. Ensuite, il s'est embarqué pour Le Cap. Il fait partie des rares juifs qui ont eu de la chance. La chance d'éviter les nazis à ce moment-là. La chance aussi d'avoir passé l'arme à gauche avant que sa fille s'éprenne d'un musulman.

Zero chasse mes mots de la main qui lui servait à se coiffer à travers la vitre baissée.

« Et il lui a fallu vendre des journaux dans la rue pour avoir un toit au-dessus de la tête quand il est arrivé au Cap. Ce n'est pas avec la philosophie que tu vas te payer un poisson et une bière. Je vais te dire les choses comme elles sont, mon garçon, si tu veux survivre… il faut que tu aies quelque chose à vendre. »

C'est le conseil de survie n° 1 de Zero.

Il vous refilera cette sagesse chèrement gagnée pour pas un rond. Une main paume vers le haut (comme si elle tenait en équilibre le cercle du volant) et l'autre avec les doigts écartés (tapant sur son ventre tendu comme un tambour), il peut sans doute vous faire penser à Bouddha appelant la terre à être le témoin de son moment d'illumination.

Je regarde par ma fenêtre et je vois quatre jeunes hommes nus au bord de la route : couverts d'argile blanche des pieds à la tête, ils sont perchés sur le toit d'une automobile désossée. J'entends brièvement résonner les basses d'un *boom box* et j'aperçois leurs yeux qui nous suivent.

Ils s'attardent dans mon esprit bien après qu'ils ont disparu dans le rétroviseur. L'argile blanche les rend invisibles aux esprits qui veulent les corrompre pendant cette période de transition incertaine, quand ils ne sont plus des garçons qui gardent les vaches et attrapent des lézards, et ne sont pas encore des hommes.

Dans le passé, quand ils approchaient de l'âge adulte, les garçons Xhosa étaient envoyés de la hutte de leur mère au fin fond du *bundu* sauvage pour apprendre à survivre grâce à la chasse et à la cueillette. On ne pouvait jamais les voir pendant ce temps intermédiaire. Maintenant, il ne reste pratiquement plus de *bundu*, et les seuls animaux sauvages sont les babouins qui racolent les touristes, les chiens sauvages et les rats effrontés. Chaque jour, une nouvelle rangée de huttes de bidonville surgit comme par magie de la poussière du *bundu* qui disparaît à vue d'œil, qui meurt. Et, chaque jour, les gens vont un peu plus loin pour trouver du petit-bois.

Zero prend la sortie du Strand. Le panneau est criblé d'impacts de balles. C'est un Nevada irréel plutôt que le nirvana annoncé.

L'apartheid reposait sur des panneaux indicateurs statiques, sans équivoque. Aujourd'hui, les pancartes changent tout le temps. Les mots inscrits s'effacent ou bien les panneaux sont de travers après que des taxis kamikazes ont percuté un poteau. Ils se transforment en toiture dans les bidonvilles ou bien, retournés, deviennent les enseignes d'un coiffeur, d'un débit de boissons clandestin ou d'un vendeur de cercueils d'occasion. Même les bornes kilométriques sont volées pour retenir les toiles de tente dans le vent hurlant du sud-est. Les noms des morts disparaissent des cimetières, les lettres en cuivre sont échangées contre de la drogue. L'époque où les mots restaient immobiles sur les poteaux est depuis longtemps révolue. Les mots ne tiennent tout simplement plus en place.

« Mais toi, Papa, tu ne prends pas de poissons », ai-je l'audace de répliquer après un long silence.

Ça aussi, c'est le scénario habituel. Je trouve des failles dans sa logique, et il s'empresse de changer d'angle.

« Je vends autre chose.

— Et un jour, ils te mettront en prison.

— Je suis trop futé pour eux, mon garçon. »

Il cligne de l'œil d'un air narquois.

« Je ne laisse aucune trace. Aucune preuve. »

Il souffle puissamment en faisant vibrer ses lèvres. Cette tentative de dramatiser les choses tombe à plat. On pourrait penser qu'il aurait renoncé à faire son cirque avec moi. Je ne suis pas dupe. Ses potes, au contraire, le considèrent comme un dieu dès qu'il est question de ses vannes et de ses tuyaux.

Ses potes étant ses acolytes : Canada Dry et Dove Bait. Des types qui seraient prêts à mourir pour lui, comme il aime à me le répéter. Avec un soupçon de ressentiment à mon égard, moi qui ne suis pas prêt à le faire.

Il avait trouvé un boulot sur les docks à Canada Dry, ce débile de dealer, à sa sortie de prison.

À Dove Bait, le Casanova prétentieux des Cape Flats, il avait trouvé un docteur pour crocheter le fœtus non désiré de sa petite amie avec le rayon tordu d'une roue de bicyclette.

Et il y avait aussi cet autre pote qu'il avait caché dans notre grenier pendant deux ans parce qu'il avait écrasé son ennemi Black Mamba dans la guerre des taxis. Avec lui, c'est plus difficile de savoir comment il fait pour déchiffrer Zero. Il est dur et taciturne. Il a survécu dans le grenier avec des sardines en boîte et des livres que j'ai empruntés pour lui à la bibliothèque de l'université. Il était accro à Freud. Quand il s'est aventuré dehors de nouveau, il s'était rasé le crâne pour éviter les types de Black Mamba, s'était fait tatouer le mot *Phoenix* sur le front et faisait rouler *dingdingding* des boules chinoises Baoding dans la paume de sa main. Le vieux chauffeur de taxi toujours joyeux qu'ils appelaient Bahaya était mort. Pour le remplacer, nous avions un gourou d'arrière-cour aux yeux d'iguane, en chemise Lacoste rose délavé, qui pouvait tuer un moineau dans notre citronnier avec sa sarbacane.

Canada Dry, toujours pété à l'herbe, se moquait de la sarbacane en disant que c'était un *bong* pour la *ganja*, importé du Congo, et qu'elle était aussi longue que le congre de Dove Bait. Phoenix est le seul à ne jamais faire de plaisanteries, à n'être jamais grivois. Il écoute toutes leurs histoires de machos avec un sourire sardonique sur les lèvres. Parfois, il m'adresse un clin d'œil complice. Il est aussi équilibré et zen qu'un niveau à bulle. Et pourtant j'imagine qu'il serait prêt, lui aussi, à mourir pour Zero.

« Pas de preuves, répète Zero.

— Alors tu préférerais que je devienne un truand plutôt qu'un poète ?

— Tu méprises la main qui te nourrit, Jerusalem. »

Zero crache dans le vent. Quand il utilise mon prénom entier, c'est qu'il est agacé.

« Et puis, dans d'autres pays, on peut vendre librement ce que je vends. La loi est changeante. Les taulards d'hier sont les héros d'aujourd'hui dans ce pays de dingues. Ce qui est sur le marché noir en ce moment, tu vas le trouver demain dans un 7-Eleven. »

Il écrase le champignon pour dépasser un taxi bringuebalant qui lâche une fumée noire. Un Zola Budd. En le dépassant, nous entendons le caquètement des poules dans une cage sur le toit du taxi.

Zero agite l'index sous mon nez.

« Souviens-toi de ceci. L'argent du truand t'a permis d'aller à l'université. Et tu continues de me demander de l'argent chaque fois que tu sors. »

Je me contente de fixer la route devant moi.

Sur le Strand, un chien noir galope dans le sable. Un surfeur glisse sur l'écume.

Je me souviens de Miriam, ma mère, sermonnant mon père pour m'avoir emmené nager trop loin du bord. Il m'appâtait et m'amadouait jusqu'au moment où je ne touchais plus le sable et me mettais à nager comme un petit chien. Il pensait que j'avais peur de la profondeur. Je ne lui ai jamais dit que j'avais peur des requins, parce qu'il m'aurait traité de *moffie*. Ma mère, à l'époque, n'était pas si loin. Elle restait dans la Benz et gribouillait dans les marges du journal jusqu'à ce qu'apparaisse une mosaïque de sirènes, de tortues et de filles nues. Ou bien elle s'asseyait sur un sarong à la plage, épluchait une mandarine et jetait les pelures dans les bottes en serpent de mon père.

C'était l'époque où elle apprenait encore aux filles à peindre sur soie. Et où elle mettait encore du rouge sur ses lèvres.

« Un jour, je vais trouver le moyen de survivre par la seule force du stylo.

— Survivre, hein ? En écrivant des *po-èmes* ? Dis-moi un peu, ça se vend combien un *po-ème* sur le marché ? »

De la part d'un homme qui, autrefois, me racontait des histoires magiques, tout droit sorties de sa tête. Que s'est-il passé pour qu'il finisse par être obsédé par l'argent et tellement aride ?

Un pick-up Chevy Silverado nous colle au train.

« Combien vous vous faites, les gars, avec une métaphore toute fraîche, hein ? Est-ce que vous vendez au rabais celle qui a été un peu tripotée ? Ou bien est-ce qu'elle s'épanouit, comme une opale ou une chatte, quand on la touche ? »

Voilà, mon vieux, sans le vouloir, fait de la poésie pour dénigrer la poésie.

La Silverado lance un appel de phares pour que nous nous rangions sur la gauche et qu'elle puisse foncer.

Zero, les yeux fixés sur le rétroviseur, ne change pas de trajectoire.

La Silverado klaxonne.

Zero sort la main, le majeur dressé. Ce n'est pas un cow-boy en Silverado qui va lui faire quitter la route.

La Silverado klaxonne de nouveau.

Zero se contente de rire.

Des opales. Une autre de ses activités. Avec les diamants bruts.

Quant au reste, une image de ma mère au teint jaunâtre vient flotter dans mon esprit. Zero ne sort jamais avec elle. À un certain moment, il devait cacher sous un voile sa petite amie à peau blanche. Et le tabou avait donné du piquant à leur aventure. À la plage, elle portait une burka, avec seulement une ouverture pour les yeux et une coiffe malaise pour aller au drive-in. La loi leur interdisait de se marier, ils étaient donc allés à Amsterdam. Après la sortie de prison de Mandela, ils étaient rentrés au Cap avec ma sœur et moi en souvenir de leur exil. Et, dans le pays arc-en-ciel de Mandela, ils n'avaient plus à biaiser ni à se cacher… mais, à ce moment-là, leur amour s'était déjà fané. Et les gens n'allaient plus voir des films dans les drive-in.

Pendant que Zero roule dans tout Le Cap, ma mère hante le jardin devant la maison, en murmurant à ses nains des mots obscurs que j'ai du mal à déchiffrer. Quand elle ne converse pas avec ses nains, elle part à la dérive dans ses rêves.

Juste devant nous, une planche de surf décolle de la galerie d'une Jeep. Elle rebondit sur le macadam, une fois, deux fois.

Zero fait une embardée pour l'éviter.

2

Fleuve Limpopo.

Juste au moment où une planche de surf ose rayer la peinture d'une Silverado dans le Sud, Jabulani Freedom Moyo émerge du Limpopo boueux qui serpente du Botswana au Mozambique et constitue la frontière entre le Zimbabwe et l'Afrique du Sud.

Pendant qu'il court sur un sentier dégagé sous une ligne électrique à haute tension, il repense aux circonstances dans lesquelles il est devenu un fugitif.

Il n'y a pas très longtemps encore, il enseignait l'anglais dans un collège à Bulawayo, dans les territoires méridionaux du Ndebele. L'après-midi, il était entraîneur pour le cross-country, le javelot, le saut en longueur et le football. Certes, il avait horreur de corriger des copies, mais il adorait les discussions animées avec ses élèves.

Un jour, pendant la pause-thé dans la salle des professeurs, il avait remarqué à voix haute devant ses collègues que Mugabe avait l'air d'un clown dans ses chemises aux couleurs vives, aux motifs javanais, version Afrique de l'Ouest. Ils avaient ri. Ils n'éprouvaient aucune affection pour cet homme du peuple Shona qui avait pris les commandes de leur pays. Mais un mouchard avait estimé qu'il était de son devoir d'en parler au proviseur.

Le proviseur (un Shona qui devait à Mugabe son poste à Bulawayo) avait imposé à Jabulani de faire face à tous les élèves dans le préau de l'école lors de la lecture du chef d'inculpation (se moquer de Mugabe) et du verdict envoyé de Harare : Mister Moyo était renvoyé. Le proviseur avait rappelé à toute l'école que Mugabe avait été formé par les Jésuites avant de faire des études à l'étranger, et par conséquent n'était pas un clown. Il avait ajouté que Mister Moyo avait de la chance de ne pas être jeté en prison.

Des élèves et des professeurs eurent l'audace de protester contre cette manière injuste de mettre fin à la carrière d'un professeur à cause d'une plaisanterie. Ce n'était pas comme si Mister Moyo avait lancé des fléchettes sur un portrait de Mugabe ou comme s'il n'était pas resté parfaitement immobile quand Mugabe était passé avec son convoi de Mercedes Benz. Si les élèves de Bulawayo avaient appris une chose, c'était celle-ci : au Zimbabwe, la loi n'était qu'une lame de *panga* qui servait à faucher les ennemis de Mugabe.

L'ironie de l'affaire, c'était que Mugabe avait été le héros de Jabulani pendant la *chimurenga*, la longue lutte pour la liberté. Toute son enfance, Jabulani s'était incliné devant le Blanc en Rhodésie. Il en était au milieu de ses études secondaires quand Mugabe avait pris le pas sur ce vieux Blanc de Smith. La Rhodésie était désormais le Zimbabwe, et Salisbury s'appelait Harare. Et c'était dans ce Zimbabwe libre que Jabulani Freedom Moyo était devenu un être humain qui marchait la tête haute.

Mais les rumeurs avaient commencé à circuler rapidement. Des massacres dans le sud du Ndebele. Des cadavres jetés dans un vieux puits de mine. Des filles violées. Des fermiers blancs chassés de leurs fermes que Mugabe avait alors données à ses compagnons. Des ouvriers agricoles déracinés et affamés campant dans des fossés au bord des routes. Et, à la fin, le *jambanja*, le chaos provoqué par cette épuration, s'était étendu bien au-delà des fermes, et on voyait les fugitifs sur les trottoirs des villes, avec leurs poulets tremblotants à la main et leurs chèvres efflanquées, et leurs cacahuètes dans des bidons de Castrol.

Les professeurs avaient levé les yeux de leur journal ou de leur café quand Jabulani était venu vider son casier dans la salle des professeurs. Quelqu'un (le mouchard ?) y avait mis une grenouille écrasée et desséchée. Les professeurs avaient ignoré les mises en garde du proviseur Shona, s'étaient levés et avaient tapé leurs cuillers contre leurs tasses de thé pour manifester, dans ce staccato, leur camaraderie. Pour Jabulani, ils avaient pris le risque de se faire bastonner la plante des pieds ou *sous-mariner* la tête par les hommes de main de Mugabe.

Un de ses élèves était venu dans la salle de classe pour lui dire qu'il avait appris une foule de choses pendant ses cours et qu'il voulait maintenant devenir écrivain. Il avait appris à être sensible à la musique des mots. Le garçon avait caché ses larmes de la main, et Jabulani l'avait serré dans ses bras, avant de lui donner un volume d'Hemingway. Un livre sur un vieux pêcheur malchanceux était un curieux cadeau pour un garçon qui ne verrait peut-être jamais la mer.

Tout en rangeant ses livres et ses stylos dans un carton, Jabulani avait pensé que la liberté chèrement conquise du Zimbabwe était exactement comme ce marlin géant que le vieil homme avait mis tant de temps à remonter à la surface. Et à présent il était dévoré par les requins. Mais, dans le cas du Zimbabwe, le vieil homme n'avait pas chassé les requins qui fonçaient sur sa prise. Lui aussi s'était mis à taillader le poisson en tous sens. C'était ça qui était tellement tordu.

Alors qu'il sortait de l'école, le proviseur avait intercepté Jabulani et fouillé le carton qu'il avait dans les mains, sans doute pour vérifier de ses propres yeux que Jabulani n'avait pas volé une poinçonneuse ou un dictionnaire d'anglais. Si Jabulani était prêt à dénigrer le maître du pays, il était impossible de savoir jusqu'où il pourrait déchoir : voilà quels avaient été les mots d'adieu du proviseur.

Jabulani enseignait depuis quatorze ans dans ce collège.

À compter de ce jour, il fut livré à la vindicte, pas une école ne l'aurait recruté.

En entendant sa vieille Datsun exploser, une nuit, il était sorti en courant et s'était cogné contre le cadavre du chat de la famille pendu à une corde.

Ils avaient peint sur les murs VIVA MUGABE avec le sang du chat.

Il avait fini par trouver un travail dans un magasin de vélos du nom de Cheap John's Cycle Repair. Mais ils avaient mis le feu au magasin, et Cheap John avait imputé tous ses malheurs à Jabulani. Dans une ville où une synagogue avait brûlé moins d'un an auparavant, la police avait à peine prêté attention à la disparition d'une boutique de bicyclettes. C'était en juin.

Et, depuis six mois désormais, il n'y avait plus eu de viande à mettre sur la moitié de miche de pain pour laquelle il faisait la queue tous les après-midi. Pendant six mois, ils avaient survécu grâce au maigre salaire d'infirmière que recevait sa femme, Thokozile. Depuis six mois, son fils et sa fille le dévisageaient, attendant le moment où il allait sortir un lapin d'un chapeau pour leur rappeler la magie d'autrefois.

Autrefois, il rentrait à la maison, fébrile après l'entraînement de football, et buvait une bière sur le perron pendant que le chat léchait ses tibias salés. Il tapait des mains quand son fils Panganai jouait de la guitare ou des percussions, et quand sa fille Tendai faisait la roue ou du hula-hoop. Dans ses poches, il avait toujours un médiator pour Panganai ou une barrette pour Tendai. Et, après une autre bière ou deux, il flirtait avec Thokozile, soulevant sa jupe pour lui pincer les fesses.

Et puis il avait perdu son poste, et tout ce qu'il y avait de drôle et de juteux dans son monde lui avait été retiré.

« Il faut que tu t'éloignes de ce *gandanga* de Mugabe, de cet assassin », avait dit Thokozile pendant que les rats s'agitaient bruyamment dans le toit.

Ils proliféraient depuis que le chat avait été tué.

« Il ne va pas te lâcher, ce putain de *gandanga*. Et il va te tuer. Tout comme il tuera quiconque est son ennemi, Shona ou pas.

— Comment est-ce que je pourrais m'en aller ?

— Tu dois le faire, sinon nous allons crever de faim. C'est un bon moment maintenant, juste avant Noël, pour aller en Afrique du Sud. Les touristes du monde entier vont au Cap pour les vacances de Noël et ils ont de l'argent plein les poches. Tu vas trouver un travail et nous envoyer de l'argent.

— Et je vais habiter où ?

— D'autres que toi ont trouvé une solution. Tu auras peut-être la chance de trouver du travail dans un bar où ils pourront te loger. »

Même si elle le poussait à partir, elle ne lui faisait aucun reproche sur la façon dont les choses avaient tourné. Elle ne lui rappelait jamais le fait qu'une plaisanterie idiote, un peu désinvolte, les avait condamnés à cette situation désespérée. Même s'il ne se montrait plus aussi entreprenant, elle continuait à l'attirer à elle dans l'obscurité, en lui disant qu'il serait toujours son homme. Et, après l'amour, il lui soufflait de l'air frais sur la tête, sur les sillons entre ses nattes.

Et ce n'était pas seulement Thokozile. Les trous dans les Puma de Panganai lui disaient aussi qu'il fallait partir. La jupe d'école de Tendai à l'ourlet rallongé et décoloré lui disait qu'il fallait partir. La huche à pain vide lui disait qu'il fallait partir. Les aboiements des chiens errants, qu'il écoutait quand il était réveillé au milieu de la nuit, lui disaient qu'il fallait partir. D'une façon ou d'une autre, il fallait qu'il les mette à l'abri de ce monde de fous infesté de rats, de l'indigence et de la mendicité, de la peur et de l'indécision.

Et cependant il avait une peur bleue de partir pour le Sud.

Il avait entendu parler des crocodiles et du contre-courant du Limpopo.

Il avait entendu parler des soldats gardant la frontière sur la rive opposée du Limpopo qui vous abattaient et cachaient le cadavre plutôt que d'avoir à remplir les formalités de déportation.

Il avait entendu parler des *gumagumas* : les types qui rôdaient dans le *bundu* pour violer, voler, extorquer.

Il avait entendu parler des milices de fermiers d'Afrique du Sud qui roulent dans les zones frontalières et tirent sur les Zimbabwéens égarés. Les fermiers les accusent des pillages et des meurtres. Autrefois, la frontière était gardée par des appelés blancs. Maintenant qu'il n'y a plus de service militaire en Afrique du Sud, les frontières sont de véritables passoires.

Il avait entendu parler des déportés racontant que, dans une ville frontalière appelée Musina, le capitaine de la police avait des photos de réfugiés retrouvés morts. Une fille, Jendaya, avait été violée et tuée à coups de couteau par les *gumagumas*. Ils l'avaient trouvée avec sa culotte sur la tête. Un garçon, Goodwill, avait été volé et poignardé par les *gumagumas*. Dans sa poche, il y avait un papier écrit de la main de son instituteur, suppliant qu'on lui donne des pilules pour soigner sa mère qui crachait du sang.

Il n'avait pas d'argent pour les *malaishas*, les passeurs de clandestins (une moitié à l'avance, l'autre moitié à l'arrivée). Il n'avait pas d'amis au Cap chez qui il aurait pu débarquer avant de prendre ses marques.

S'il survivait aux crocodiles et aux soldats, aux *gumagumas* et aux milices, s'il était pris en stop jusqu'au Cap, il lui faudrait alors demander l'asile politique auprès du Home Affairs. Et, tant qu'il n'aurait pas ses papiers, il lui faudrait éviter les Nigériens à tel endroit et les Tanzaniens à tel autre, les Gambiens ici et les Kenyans là-bas. Il lui faudrait se tenir à l'écart des *townships* où les

Sud-Africains noirs accusaient les *sales* Zimbabwéens de leur voler leurs boulots et leurs filles, et de se livrer à la sorcellerie.

Cependant, il a de la chance d'être un homme parce qu'ils pourraient lui accorder l'asile politique. Ils ne donnent pas de papiers aux garçons et aux filles qui doivent donc survivre sans aucun recours. Les garçons campent sous les ponts, dans les caniveaux au bord des routes et dans les dépotoirs de la périphérie. On les voit (si on a des yeux pour voir) dans leurs shorts rapiécés et leurs tongs minables fouillant les poubelles, plaquant des accords sur des guitares fabriquées avec des boîtes de paraffine, jouant au football avec une balle de tennis pourrie, évitant les voitures pour aller mendier dès que les feux de signalisation passent de l'orange au rouge. Les vapeurs d'une bouteille de colle les font planer, tourbillonner, piquer du nez. Les filles, vous ne les voyez jamais. Elles se métamorphosent en femmes de ménage, en épouses ou en prostituées. Jamais en sirènes.

Un avion vrombit au-dessus de sa tête. Jabulani s'écarte du sentier pour grimper dans un acacia.

Son cœur continue de battre à tout rompre longtemps après que le bourdonnement de l'avion a disparu.

Une fois qu'il fera nuit, il pourra progresser vers le sud à travers ce *veld* inconnu, rempli de cris qui sont des ricanements, de coups de feu dans le lointain et de créatures aux dents en zigzag.

3

Hermanus. Milieu de l'après-midi.

La ville est morose sous un ciel voilé, coincée entre les montagnes stoïques et la mer grise.

Zero repère une camionnette blanche à moitié dissimulée droit devant et pose le pied sur l'accélérateur, tout doucement.

« Des flics », lâche Zero.

Zero déteste la police depuis qu'elle a chargé sur la plateforme d'un camion le monde de son enfance des ruelles envahies de jazz dans le District Six et déplacé sa famille dans une maison de la taille d'une boîte d'allumettes sur les Cape Flats balayés par le vent. Il a vu son père passer du rôle de charmeur, qui faisait claquer ses doigts, pinçait les seins, grattait son banjo, à celui de fantôme marmonnant en moins d'un an, le temps que les bulldozers rasent les bars et les lieux chaotiques d'une jeunesse insouciante qui avait swingué. Son père avait connu une mort amère, muette, dans une zone délimitée au hasard à coups de barbelés sur les Flats poussiéreux.

Moi, je suis libre d'aller et venir comme je veux, en dépit du fait que je suis à moitié *coloured*. Pourtant, j'ai peur pour ce pays où un *tsotsi* assoiffé de sang va poignarder un vieillard avec un cran d'arrêt pour les quelques pièces qu'il a dans la poche, où Mbeki (notre chef qui boit du thé sans arrêt) ferme les yeux sur les bouffonneries de *loco* de Mugabe de l'autre côté de la frontière, et où Zuma (le second violon de Mbeki) est en quelque sorte au-dessus de la loi. Des bruits courent dans les journaux à propos de ventes d'armes douteuses et de l'argent encaissé. Et pourtant ils ne peuvent pas coincer Zuma. Il est aussi insaisissable qu'un caméléon capable de changer ses couleurs à sa guise.

Pourtant, cette époque lacunaire fait les délices de mon père.

Il gare la Benz devant un magasin de plongée sur le front de mer.

La mer projette de l'écume qui fait penser à des plumes d'oiseaux abattus en plein vol.

Avec des gestes furtifs, un vieil homme, un couteau à la main, ramasse des moules dans les fentes des rochers.

Un clochard aux yeux chassieux collecte son monde fait de sacs odorants sur une civière d'hôpital. Ses roues émettent un grincement aigu comme le cri de rats captifs.

« Z'auriez pas une clope ? Ou un petit biffeton ou deux ? L'un ou l'autre. »

Zero sort un paquet de Camel d'une poche de son Dokers à moitié baissé. Il trouve un billet froissé de dix rands dans sa poche. Il tire deux cigarettes.

Le clochard en cale une sur son oreille et place l'autre entre ses lèvres gercées. Il aplatit le billet, examine le filigrane à contre-jour comme un dealer méfiant, puis le plie et le glisse dans la bande de son chapeau.

Zero fouille le vide-poches de la Benz à la recherche d'un vieux briquet Bic et le tend au clochard.

Il allume sa clope et elle rougeoie.

« Merci pour le feu. »

Le clochard examine le briquet Bic orange dans le creux de sa main sale striée de rouge.

« Il est à toi », gazouille Zero.

Le clochard hoche la tête en signe de remerciement et presse le briquet pour renifler le gaz.

Zero sort un bidon d'huile du coffre. Il règle leur compte aux grincements déchirants de la civière.

C'est le truc avec mon vieux. Au moment où vous l'épinglez en train de se conduire comme un trou-du-cul, il vous prend à contre-pied.

Sur le toit du magasin, un grand requin blanc ouvre à fond la mâchoire vers un mannequin en combinaison de plongée dans une cage.

Zero a perdu la moitié du mollet gauche le jour où un requin l'a attrapé alors qu'il plongeait pour pêcher des langoustes. Il a continué à plonger pendant des années parce qu'il voulait prouver à ses potes qu'il n'était pas un *moffie*. Aujourd'hui, d'autres types plongent pour lui… pour les sacs de langoustes négociés dans les ruelles derrière les pubs. Encore une de ses activités parallèles : fournisseur de crustacés piratés.

Nous trimbalons ma guitare et un sac de sport (rempli de Levi's roulés et de maillots de rugby), des cartons de bananes (remplis de romans étudiés, aux dos intacts, et curieusement sans la moindre marque de crayon ni tache de café) et des cartons de Johnnie Walker (remplis des articles à vendre de Zero) sur un étage d'escaliers qui gémissent.

Sur le palier, pendant que je cherche la bonne clé, il prend un livre au hasard dans un des cartons.

« Nom de Dieu, comment tu fais pour lire un livre sans te casser le dos ? C'est pas naturel. »

De nouveau, je trouve ça un peu ironique, de la part d'un type qui dit ne pas laisser de traces. Je me contente de hausser les épaules tandis qu'il feuillette le livre.

En fait, je n'ai jamais annoté mes livres à l'université. Je n'ai jamais inscrit mon nom à l'encre sur la page de garde. Je n'ai jamais pris de notes pendant les cours. J'ouvrais grandes mes oreilles et je mémorisais. J'ai ce genre d'esprit. Je me souviens des choses.

« Tu te sens supérieur à ton vieux maintenant que tu as lu tous ces livres, hein ? »

Il laisse tomber le livre.

« Je vais te dire, la vie est trop courte pour tous ces livres prétentieux avec ces mots qui n'en finissent pas. »

La porte s'ouvre. La lumière se répand à travers une fenêtre couverte d'une pellicule de sel dans l'appartement spartiate. Une odeur de poussière, de bière éventée et de vieilles pochettes de disques s'en échappe.

Un lit effondré gît sur un plancher constellé de taches de peinture. Un miroir à moitié obscurci est suspendu au-dessus d'un lavabo. Une chaise bancale en bois courbé est poussée contre un bureau couvert de graffitis. D'un ventilateur à pales pend une cordelette sale. Une ampoule nue couverte de chiures de mouche danse au bout d'un fil électrique.

Je tourne le commutateur, et l'ampoule s'allume, illuminant les taches de sang de moustique sur les murs.

Zero tire sur la cordelette du ventilateur. Dans un soupir, les pales deviennent floues.

Par la fenêtre, je vois le nouveau port à deux kilomètres, de l'autre côté de la baie.

Sur un clou, j'accroche l'aquarelle d'une mouette dans le port de Kalk Bay que ma mère avait faite autrefois. Je l'ai retrouvée pliée dans un livre bien après qu'elle a brûlé toutes les autres. Bien après qu'elle a rangé pour de bon une bague en diamant et toutes ses opales laiteuses dans un tiroir.

Avec le temps, ma mère a troqué la compagnie des hommes contre celle de ses nains de jardin. Elle aime ses nains parce qu'ils n'attendent rien d'elle sinon qu'elle nettoie les crottes de pigeon de leurs bonnets rouges. Elle aime leurs bouches joyeuses, bordées d'un blanc neigeux et toujours amusées par ce qu'elle marmonne. Ils ne rotent jamais des effluves de bière devant elle. Ils ne jettent pas des regards concupiscents sur les autres femmes. *Mazel tov*, se contentent-ils de dire. *Bonne étoile.* Pourtant les étoiles ne lui ont pas été favorables. Dans leurs bouches, *mazel tov* est une autre façon de dire *c'est la vie.*

Elle ne supporte pas la façon dont Zero se lèche les doigts pour tourner les pages quand il lit le journal, ni son tatouage dans le dos, tellement vulgaire, d'une virago avec des seins comme des mangues, encore moins son habitude de faire tomber les cendres de sa cigarette dans ses fuchsias, pour ne rien dire de sa façon de chasser du pied son chat du Bengale. Quand il est de sortie après le crépuscule, elle somnole devant ses feuilletons policiers, le chat sur les genoux, et s'endort avant d'avoir vu le tueur se faire prendre. Ou bien elle examine le trou parfaitement net laissé par le noyau d'un avocat, avant qu'il ne prenne une couleur sépia. Elle le mange alors à la petite cuiller, heureuse de ne plus avoir à s'inquiéter de voir son rouge à lèvres étalé par des baisers parfumés au whisky.

Phoenix a une théorie pour expliquer pourquoi ma mère est tellement accro à ses policiers : elle tue Zero par procuration encore et encore. Et ce bon vieux Zero ne se doute de rien.

Peut-être que Zero et ma mère sont encore liés de manière ténue grâce à cette capacité qu'ils ont de ne jamais se faire prendre la main dans le sac.

Pendant toutes mes années d'études à l'université, ni ma mère ni ses opales n'ont été caressées pour faire monter leur feu à la surface. Elle dégage quelque chose de tellement stoïque et détaché que je l'ai rarement prise dans mes bras, cette femme qui porte les cicatrices vibrantes de mon développement dans sa matrice. Cette femme dont j'ai sucé le lait et qui m'a lu *Alice au pays des merveilles* quand elle me mettait au lit le soir.

Je soupire d'aise à l'idée de ne pas avoir à être le témoin de la dérive de ma mère dans son monde sans paroles, méfiant, peuplé de nains. Ou à la trouver de nouveau dans l'obscurité sur l'herbe bleue à cause des fleurs de jacaranda qui y étaient tombées, couchée là, nue, d'une blancheur cadavérique, comme si elle avait été violée par la lune.

Certes, Zero est un obsédé, mais je dois confesser que j'ai hérité quelque chose de son goût pour les filles. Les battements de mon cœur s'accélèrent quand le vent du sud-est soulève la jupe d'une fille qui porte des bas. Moi aussi, j'ai regardé comme un idiot les hanches cuivrées et les lunes tremblantes des go-go girls de Loop Street.

Et pourtant mon vieux se léchant les lèvres à la vue d'une jupe minuscule me fait honte, d'une certaine manière, d'être un homme.

Alors suis-je un homme ? Est-ce qu'un homme est aussi effrayé que moi par le bond inattendu des grenouilles ? Est-ce qu'un homme souffle des airs de mirliton avec sa paille dans les feuilles de menthe au fond de son mojito ? Est-ce qu'un homme pleure à chaudes larmes pendant un film ? Est-ce qu'un homme se soumet aux projets que son père a faits pour lui au lieu de partir tenter sa chance à travers le monde ?

J'ai l'impression d'être un garçon couvert d'argile blanche qui a été chassé de la hutte de sa mère pour errer comme un fantôme dans le *bundu* jusqu'à devenir un homme. Ce temps maintenant, dans ce trou perdu, c'est mon temps de *bundu*. Ce n'est certainement pas le pire *bundu* qui soit, je ne vais pas avoir à tuer des créatures ou à déterrer des racines, mais c'est là néanmoins que je vais apprendre à survivre seul. Je préférerais jouer simplement de la guitare ou écrire des poèmes à ma guise, peut-être voyager de par le monde : Galway, Sienne, Malacca, Saigon, Mandalay. Cependant, je sens que je dois supporter cet exil si je veux un jour me libérer de mon vieux.

Une salamandre invisible émet un petit bruit à cette pensée intimidante.

Sans enthousiasme, Zero pince les cordes de ma guitare. On entend qu'il a encore le feeling dans les doigts même s'il n'a pas joué depuis des années, depuis qu'a eu lieu cet événement qui ne pourra jamais s'oublier.

J'entrouvre la fenêtre. Je regarde l'étendue de Walker Bay. Je hume le mélange de sel, d'algues pourrissantes et de guano des mouettes. L'écume duveteuse de la vague se fond dans le ciel blanc.

*

Le monde repose sous une pellicule de poussière. Les sons se déforment comme si on écoutait une cassette laissée trop longtemps au soleil. Le vent souffle en rafales depuis la mer, chassant des morceaux de papier dans tous les sens.

Je ramasse un prospectus pour des pizzas.

Deux chiens noirs efflanqués se mettent à l'abri du vent à l'intérieur d'un fût de deux cents litres renversé dans un coin de la place du marché vide. Ils relèvent des lèvres roses et molles pour nous montrer leurs canines.

Zero plisse les yeux au-dessus d'une carte du marché qui claque dans le vent, essayant de se repérer.

Les chiens nous regardent d'un œil terne.

Il y a le restaurant du Burgundy Hotel à l'ouest de la place. Le pub Fisherman's Cottage est derrière lui, et donc mon stand (suppose-t-il) devrait être juste devant ce mur blanc et bas. Sous ce *kaffir plum*, ici.

Il plie la carte et allume une Camel avec son Zippo dans le creux de sa main.

Je regarde l'espace qui va devenir mon monde. La taille d'une cellule de prison. À l'ombre de ce *kaffir plum*, je vais vendre des animaux en perles créés par les doigts de sorcier des Zimbabwéens du Cap, pendant que des compatriotes gardent leurs places dans la queue sans fin pour obtenir des papiers de réfugiés politiques.

« Les animaux en perles vont se vendre comme des petits pains. Les Zimbabwéens et les Zoulous savent travailler les perles. »

Il offre sa cigarette au vent pour faire tomber sa cendre.

« Si tu veux des trucs sculptés, c'est autre chose. »

Il agite sa cigarette dans ma direction pour souligner son propos.

Curieusement, pour quelqu'un qui n'est ni noir ni blanc, Zero adore mettre chacun à sa place. *Si tu veux des masques, tu trouves un Gambien. Si tu veux un sarong, tu trouves un Kenyan. Si tu veux des objets sculptés, tu trouves un Tanzanien. Si tu veux de la drogue, tu trouves un Nigérien qui connaît comme par hasard un type qui a trimbalé sa cargaison taboue depuis les terres élevées du Lesotho, genre sherpa.*

Le travail des perles des Zimbabwéens (sur du fil métallique ; les Zoulous le font avec de la ficelle). Ce sont les *articles à vendre* dans les cartons de Johnnie Walker : des ménageries colorées, emmêlées, de bêtes, d'oiseaux et de poissons.

« Ce sera du gâteau, lance Zero. Les touristes adorent cette merde locale. »

Je voudrais lui faire remarquer que le travail des perles étant zimbabwéen plutôt que sud-africain, cela en fait quelque chose de pas très local, mais il vient de balancer : *Vendre la camelote, c'est avant tout vendre une illusion.* Aux yeux de Zero, il n'existe aucune vérité objective.

« J'espère. J'espère que ça va marcher.

— Comme si tu vendais de l'herbe à un hippie. Tout ce que tu fais en plus du prix de revient, c'est pour ta poche. *Capito* ? Alors marchande dur. Fais-leur baisser les prix. »

Conseil de survie n° 2 de Zero. Marchande dur.

Il me donne de l'argent pour une Vespa d'occasion qu'il a négociée après avoir vu une annonce dans le journal. Il faut simplement que j'aille la prendre chez un vieux prêtre qui a un œil de verre et qui ne s'est pas servi de la Vespa depuis qu'il a perdu cet œil pendant les émeutes des *townships* de 1976.

Au moment où Zero repart dans sa Benz, il baisse sa vitre pour crier sur un ton désinvolte :

« Hé, Jero. Je t'aime, mon *laaitie.* »

Et il est parti. Moi, son *laaitie*, son garçon, je me sens perdu dans le sillage de son charlatanisme plein d'optimisme. Je suis coupé de tout ce qui a défini ma vie jusqu'à présent, à part les quelques livres qui me restent. Et les babioles pour touristes : le bric-à-brac de Zero.

Le *croaaah* rauque d'un corbeau vient se moquer de ma solitude.

La lumière décline. Il faut que je trouve cette pizzeria.

4

Juste au sud du fleuve Limpopo. Après le crépuscule.

Le tapis des étoiles rappelle à Jabulani les pontons de pêche, la nuit sur le lac Kariba : la façon dont ils attirent le *kapenta* avec une lumière aveuglante.

Il saute de l'acacia et se met à courir de cette foulée bondissante de coureur de fond.

Il a toujours couru. Couru, enfant, sur les longs kilomètres poussiéreux qui le conduisaient à l'école. Couru sur la piste à l'université de Harare. Couru au crépuscule pendant des années pour se reposer l'esprit après une autre journée de cours et de correction de copies.

Il court pendant des heures de peur qu'un serpent ne le morde ou qu'une balle ne l'abatte. Et, en courant, il se souvient d'autrefois quand il étirait ses jambes pour fumer sa pipe, après avoir mis son fils et sa fille au lit. Il laissait le chat somnoler sur ses genoux au son de Billie Holiday. C'était pendant ce genre de moments, alors que la fumée s'élevait à travers le *fever tree* qui l'abritait avant d'aller flotter en direction de Southern Cross, qu'il faisait le compte de ses bonnes fortunes :

La magie de partir à la dérive dans des rêves pendant qu'il était couché dans l'obscurité contre le dos de Thokozile.

Tendai faisant tranquillement du hula-hoop au crépuscule sous le papayer, sans que l'on puisse discerner la moindre nonchalance dans le balancement de ses hanches. La façon dont elle dessinait des papillons et des anges en lignes fluides sans jamais lever son crayon du papier. La façon dont elle le considérait comme son héros parce qu'il la portait sur ses épaules à travers le bazar vibrant d'activité, parce qu'il attrapait papillons de nuit et araignées à mains nues, parce qu'il lui lisait des histoires en prenant des voix différentes.

Panganai jouant du Bob Marley sur sa guitare dans l'espoir d'en mettre plein la vue aux filles qui passaient. La façon dont il était plongé dans un roman, si profondément qu'il ne sentait plus les moustiques le piquer ni le chat se frotter contre la plante de ses pieds.

Pendant qu'il court à travers une savane plongée dans l'obscurité sous les clins d'œil d'un croissant de lune, Jabulani se dit : Bob Marley avait nourri de telles espérances pour ce Zimbabwe libéré. Et le Zimbabwe filait un si mauvais coton à présent.

À un moment, il doit faire un écart pour éviter une vache noire qui a surgi de l'ombre.

Un *monkey-thorn* étire un fil rouge en travers de son front.

Il entend des coups de feu au loin. Les fermiers chassent.

Les coups de feu lui rappellent une bande de vétérans renégats, il y a des années, menés par un type qu'ils appelaient Hitler, qui avaient traversé sa ville sur un pick-up en hurlant comme des abrutis. Ils avaient fait feu sur un soleil invulnérable avec leurs totémiques AK-47, coupé des rubans de ciel bleu avec les lames de leurs *pangas*. Ils avaient balancé le cadavre d'une femme depuis la plateforme du pick-up. Sa tête avait rebondi comme une balle de caoutchouc dans la poussière. Un de ses seins avait été tranché d'un coup de *panga*.

Cette image l'incite à courir plus vite.

5

Hermanus. Avant le lever du soleil.

Un oiseau donnant des coups de bec à son reflet m'arrache au sommeil alors que je rêve du tableau représentant une tête de zèbre tranchée accroché au-dessus du lit de mes parents. Dans mon rêve, une goutte de peinture est tombée de la toile et a atterri sur le front de ma mère pour y former un *bindi* vermillon. Puis, une salamandre a glissé sur sa peau blême et léché la goutte de sang. L'écho de son cri ressemblait au bruit des pierres frappées sous l'eau jusqu'à ce qu'il se métamorphose en celui d'un bec frappant contre une vitre.

Je m'asperge le visage d'eau froide. J'évite l'inconnu dans le miroir et je préfère regarder l'aquarelle de la mouette peinte par ma mère.

J'avale une gorgée de l'eau un peu sablonneuse du robinet.

C'est le moment où, sans un mot, elle poserait une tasse de café noir et le *Cape Times* d'hier près de mon lit. Elle tirerait le rideau et remonterait la fenêtre à glissière. Elle poserait sa main sur mon front un moment, comme si elle craignait que je n'aie de la fièvre. Toujours sans un mot, elle ramasserait mon jean en accordéon sur le sol et le poserait sur le dossier d'une chaise. Par la fenêtre me parviendraient les chants juifs des tourterelles faisant osciller leurs petites têtes et le cri du muezzin appelant les Malais à la mosquée.

L'amertume du café de ma mère me manque terriblement, ainsi que mon enfance disparue de coups de soleil et de pieds couverts de sable, de samosas épicés et de thé sucré.

À présent, par la fenêtre, je discerne l'écume blanche qui fait des étincelles au-dessus des rochers sombres. Le vent est froid et a le goût de la mer.

En enfilant mes Nike et un maillot de rugby effiloché, j'examine les silhouettes fantastiques que j'ai dessinées au crayon sur les murs de ma cellule : des anges en forme de sirènes, des requins-chiens, des filles à tête d'impala, un sphinx. Des silhouettes empruntées à l'imagination de ma mère.

*

Quelques filles Xhosa alignent des jerrycans et des bidons devant un robinet dans le jardin d'une église. L'eau est gratuite. Elles gloussent et bredouillent quelques pépiements et cliquètements qui font penser à des aiguilles d'électrophone sur des disques rayés ou à des sauterelles faisant claquer leurs ailes dans l'air. Pour me provoquer, elles crient *baleka baleka* dans ma direction, et cela donne une certaine vigueur à ma foulée.

Crescendo des vagues contre le camp des rochers qui n'en tient pas compte. J'aperçois un cormoran mort coincé dans une fente d'un rocher. Je le dégage et le rejette à la mer, où les algues font surface comme des têtes de phoque dans l'eau qui déferle. J'imagine les poissons picorant l'oiseau mort et les crabes se querellant pour les os.

Je suis le sentier sur la falaise jusqu'au vieux port.

Un clochard est couché sous un bateau de pêche retourné.

Son chien – un bâtard moitié border terrier, moitié autre chose – bascule la tête et me montre les dents.

Les paupières du clochard se lèvent sur des yeux aussi rouges que des plaies ouvertes. Une larme laiteuse coule le long d'une ride profonde sur sa peau brûlée par le vent. Il murmure quelque chose au chien.

Le chien cache ses crocs et remue la queue. Je tends la main et il la lèche.

Une sorte de sagesse bizarre se dégage de sous la casquette cache-oreilles du clochard, comme s'il avait compris l'énigme de la souffrance humaine. Sa tête d'oiseau me fait penser à Samuel Beckett.

« Votre chien est magnifique. Mâle ou femelle ?

— Une chienne.

— Ah ! Elle a un poil magnifique.

— Des couleurs de sconse.

— Moitié border, hein ?

— N'importe quel imbécile pourrait le voir.

— Et boxer ?

— De Rhodésie.

— Ah ! Vous l'avez depuis longtemps ?

— Comment savoir ?

— Hé, je voulais simplement vous dire qu'elle est magnifique.

— Comment vous définissez *magnifique* ?

— Désolé si j'arrive à un moment où vous êtes de mauvaise humeur.

— Je ne suis pas de mauvaise humeur. Vous éludez les questions.

— Peut-être qu'on pourrait discuter un de ces jours. Je vous paierai un café. Ça vous va ? »

Il se contente de renifler et détourne la tête.

Je suis rejeté avec dédain sur le quai. Une mouette, au-dessus de ma tête, passe le temps.

Je cours le long du sentier qui suit le rivage, à travers une zone curieusement protégée de tous les miaulements et les appels à la mosquée d'un petit matin au Cap. Je passe en courant devant le Marine Hotel, devant Kwaaiwater, devant Voëlklip et je continue jusqu'à la longue plage d'un lagon qui se déroule sans fin. La plage est vide. Seul un type en train de pagayer traverse le lagon. Le ballon lumineux du soleil teinte la mer d'un rose *perlemoen*.

Devant Voëlklip, je m'arrête sur les rochers et je scrute la mer qui ondule de façon monotone à la recherche du V d'écume formé par le souffle d'une baleine. Pas de chance. Seulement un bateau de pêche au loin. Et le soleil s'arrache à ses amarres et se met à flotter.

Je me remets à courir. Juste avant d'arriver devant le bassin alimenté par la marée au-dessous du Marine Hotel, un raffut de mouettes agglutinées attire mon attention vers un mirage provoqué par le soleil sur le sentier devant moi.

Des mouettes battant des ailes, comme des serpentins dans un vent de montagne, s'agitent et tournent au-dessus d'une fille aux allures de sylphide, qui tient la moitié d'une miche de pain blanc dans sa main.

Je trébuche. Le sentier se dérobe sous mes pas. Au large, une baleine franche australe fait surface.

Du pain. Une fille de peau, de cheveux et d'os. Elle n'est pas un mirage.

Le soleil fait étinceler en tous sens les plumes des mouettes. Des moineaux audacieux atterrissent en sifflant sur sa tête couronnée d'un halo de lumière. Des *dassies* aux allures de rats fixent leurs yeux ronds sur elle, puis foncent sur le pain qu'elle fait tomber autour de ses pieds nus. Sa robe blanche et légère danse un flamenco serré dans le vent. Le soleil à contre-jour dessine une silhouette toute en courbes sous le tissu transparent.

En me voyant la regarder comme un idiot, elle plaque sa robe contre elle. Puis elle rit en découvrant le rang de perles de ses dents.

J'aspire une goulée d'air. Un bruit blanc envahit ma tête maltraitée.

Elle jette un dernier morceau de pain aux mouettes querelleuses.

Un frangipanier à l'odeur sucrée et aux feuilles en doigts de salamandre laisse tomber des pétales blancs au moment où elle traverse un jardin entouré d'un mur bas. L'hibiscus s'embrase dans un rouge sanglant. Les cannas crachent des flammes orange et jaune. Un colibri aux contours flous vole d'une fleur d'aloès à l'autre : un vert d'une autre monde, qui donne le tournis.

Hermanus n'est plus une ville perdue et sombre. C'est la pointe du compas autour duquel se déploie un monde filmé en Fujifilm.

Je reprends ma course. Mes pieds dansent comme ceux d'un impala.

6

Quelque part au sud du Limpopo.

Jabulani pense d'abord que l'ombre noir corbeau sous un acacia au loin est un rocher. Puis elle se déplace comme les rochers ne le font pas.

Ses pieds s'arrêtent dans la poussière. Il plisse les yeux dans le soleil bas et scintillant pour voir ce que c'est.

Il aperçoit le double V inversé qui ne trompe pas.

La première pensée, instinctivement, qui fait bondir son cœur : *Hyène* !

Mais une hyène aurait déjà poussé un petit cri de convoitise vers le ciel. Cet animal couché le regarde froidement, prenant son temps.

La peur parcourt chacun des os de Jabulani. Mais il reste parfaitement immobile, jetant des coups d'œil à droite et à gauche à la recherche de cailloux.

Pas de cailloux. Seulement l'herbe drue et le crépuscule finissant.

Il baisse l'épaule pour dégager son sac à dos.

L'animal s'étire de nouveau. La silhouette est trop nette pour que ce soit un chien sauvage au pelage pelé. Ce doit être un chien de ferme égaré.

Jabulani trouve du bout des doigts son couteau de poche dans le sac, puis fait lentement un pas en arrière.

Le chien flaire le mélange macéré de peur brute, de sueur fumée et de sang séché.

S'il tourne les talons à présent, le chien va lui courir après. Il faut qu'il soutienne son regard. Sa vie en dépend.

Le chien grogne dans sa direction en exhibant une mâchoire aux dents de travers.

Jabulani a prévu de jeter son sac en l'air si le chien fonce sur lui. Le chien le perdra de vue pour suivre le leurre. Jabulani pourra alors faire un pas de côté et planter son couteau dans le cou du chien.

Si l'élan du chien lui arrache le couteau de la main, il lui faudra simplement viser les yeux en le frappant avec ses All Stars déchiquetées.

Du coin de l'œil, Jabulani aperçoit une autre forme noire se détacher de la poussière. Un autre chien, pense-t-il.

Et puis un autre. Et un autre encore. Quatre chiens démoniaques fonçant sur lui depuis les quatre points cardinaux.

Changement de plan. Il va falloir qu'il se batte avec le couteau. Des grands swings plutôt que des coups profonds.

Il sort sa cantine en fer-blanc de son sac et la jette sur Dents-de-travers.

Elle percute son crâne. Il pousse un petit cri, et ses pattes tremblent et flageolent.

Les autres chiens détournent les yeux de Jabulani un instant pour regarder Dents-de-travers penché sur la cantine dans la poussière, en train de la renifler. Puis ils se concentrent sur Jabulani de nouveau.

Les quatre chiens se rapprochent de lui à présent. Il peut voir leurs gencives roses et visqueuses. Le grondement étouffé et rauque de leur soif sanguinaire lui tourne les sangs.

Il se demande si le sac à dos et le passeport seront un jour retrouvés, si Thokozile apprendra qu'il est mort juste au sud de la frontière.

Un chien à l'oreille déchiquetée par un coup de dent se couche. L'instinct dicte à ce chien, qui a le soleil dans le dos, d'attaquer le premier. Il bondit sur Jabulani.

Jabulani fait un pas de côté et balance de toutes ses forces son bras armé du couteau contre la tête du chien.

Le chien bondit en arrière en glapissant. Des gouttes de sang coulent de sa babine et tombent sur la poussière. Il frotte sa patte contre sa babine ensanglantée. Les petits cris se transforment en un gémissement surpris. Il secoue la tête, et le sang est projeté en tous sens.

Comme dans un film de kung-fu, les autres hésitent et se regardent. Ils ne sont plus trop décidés à tenter le coup en solo.

Le chien qui saigne s'aligne de nouveau, vers l'est.

Ils posent leurs têtes sur le sol. Ils baissent les oreilles. Ils ne grognent plus. Le silence qui accompagne cette concentration commune et imperturbable annonce à Jabulani que c'est le moment de la mise à mort.

En balançant son sac, il va peut-être en déséquilibrer un et pourrait en blesser un autre avec le couteau, mais les deux autres seraient encore capables de le mettre en pièces.

Il supplie Dieu : *Garde un œil sur ma si douce Thokozile, sur l'âme de mon garçon Panganai et sur mon ange de fille Tendai.*

Puis, sans raison, les chiens se mettent tous à bouger la tête de façon synchronisée, comme pour capter des rumeurs de sang sur une haute fréquence, imperceptible à l'oreille humaine.

Il aperçoit au loin un nuage de poussière qui monte dans le ciel.

Les chiens comprennent qu'ils n'ont pas le temps de le tuer, mais ils ont du mal à lâcher leur proie.

Maintenant il entend le ronronnement profond d'un moteur.

Et il voit le sable gicler devant leurs pattes juste avant que la détonation retentisse à ses oreilles.

Les chiens font demi-tour sur eux-mêmes et s'enfuient, la queue basse. À chaque coup de feu, leurs arrière-trains tressaillent comme si l'extrémité d'un fouet les avait frappés.

Une Land-Rover zébrée de noir et blanc s'arrête brutalement.

« Sacré veinard », clame une voix à travers un nuage de poussière.

Et, à mesure que la poussière se dissipe, il voit deux Blancs armés debout sur le toit de la Land-Rover, comme des chasseurs de tigre perchés sur un *howdah*.

Le Noir derrière le volant jette un regard plein de pitié à Jabulani.

7

Marché d'Hermanus.

Le ciel est un tableau noir passé à la craie bleue.

Le soleil progresse à pas lents sur le bleu, en peignant la surface des choses au-dessous d'une couleur jaunâtre. Ce soleil à Amsterdam est trop blanc et dilué. Ici, c'est visqueux et jaune comme un chardonnay.

Cette cithare de radio parasitée qu'est la mer fait écho au bourdonnement de mon sang chaque fois que je l'invoque, la fille aux mouettes.

Le marché, lui, fait résonner le brouhaha désaccordé des coulisses, avec les échafaudages qui grincent, les empilements de cartons qui s'effondrent et la ronde des camionnettes. Des odeurs défilent, de bâtons d'encens au jasmin, d'algues, d'essence, de poussière, de café, d'oranges pelées.

De longues planches sont posées en équilibre sur deux tréteaux sous la bâche de mon stand au bout de l'allée. Je dispose les trucs en perles, un par un : pingouins, hippocampes, caméléons, salamandres, tortues, poissons, requins, dauphins, baleines…

Stand suivant, sur ma gauche, une femme maigre tripote ses bacs d'imprimeur remplis de pierres et de fossiles.

Je me souviens aujourd'hui que j'ai rêvé, enfant, de posséder une pierre d'ambre avec une araignée prise à l'intérieur.

Stand suivant, un peu plus loin, un type du Sénégal vend des figurines sculptées en bois, peintes dans des couleurs vives. Elles représentent une foule de professions, d'instituteur à soldat. Je me demande comment il représenterait un poète (crayon et papier à la main ? se grattant la tête ?). Comment il le différencierait d'un philosophe ou d'un employé de bureau.

Dans ce marché, aucun repère ne permet de mesurer le temps. Les affaires commencent dès que le premier touriste fait un petit tour à la recherche d'une curiosité ou que le premier gérant d'hôtel vient toucher le *steenbrass* frais ou des mangues.

Je vois le clochard du bateau de pêche trottiner à travers la place pavée jusqu'au Fisherman's Cottage, sa chienne sur les talons. La colonne vertébrale du clochard est courbée comme le dard d'un scorpion sous son tweed à chevrons élimé. Il s'attarde devant la porte du pub jusqu'à ce qu'ils lui donnent un gobelet de quelque chose. Peut-être le café d'hier.

Il se laisse glisser, son dos courbé appuyé contre l'écorce d'un figuier, juste en face de mon stand de l'autre côté de la place. Il est accroupi sur ses talons dans l'ombre indécise et il souffle sur son gobelet.

Je hoche la tête dans sa direction, et il me fixe du regard, comme s'il ne m'avait jamais vu auparavant.

Sa chienne est couchée à ses pieds et observe le chaos du marché juste avant que le cirque ne commence.

J'ai l'impression que la chienne adore le clochard, ne sent pas que son maître est, aux yeux du monde, situé au plus bas de l'échelle sociale. Mais, bon, un colporteur est à peine mieux placé qu'un clochard dans n'importe quelle hiérarchie.

« Il ne manque jamais un jour, dit la marchande de pierres. Il sera sous ce figuier jusqu'à midi, à attacher ensemble des bouts de ficelle récupérés. Il était professeur de je ne sais quoi à Rhodes University. De philosophie, je crois. Lui et sa femme sont venus à Hermanus pour voir les baleines un mois de septembre, il y a des années. Elles se prélassaient juste devant les rochers près du vieux port. Une vague venue de nulle part a emporté sa femme. Elle est morte… et depuis il ne s'est pas éloigné de trois pas de la mer.

— Il vous l'a raconté ?

— C'était dans tous les journaux. Et je l'ai vu de mes yeux depuis la rambarde. J'ai entendu les cris et j'ai couru depuis mon stand. Il s'était jeté à l'eau pour la rattraper, et les gens hurlaient : Nagez vers le large ! Le large ! Mais elle avait trop peur des baleines. Ça va à l'encontre de l'instinct des humains de nager dans leur direction. Et donc la mer l'a fracassée contre les rochers jusqu'à ce qu'elle ait la tête en sang et se noie.

— C'est dur.

— Oui. Un autre type a plongé et il a entraîné le professeur au large. Le professeur s'est débattu comme un beau diable. Il voulait couler avec sa femme. Le type a dû lui donner un coup de poing dans la figure. »

J'étudie le visage buriné par le vent du vieux professeur. Il pose le gobelet de café sur sa tête et tripote quelques fils qu'il a tirés de sa poche.

Puis je tends la main vers la marchande de pierres.

« Hé, je m'appelle Jerusalem. »

Son front se plisse pendant qu'elle essaie de déterminer si je suis un Blanc basané (peut-être un Italien ?) ou un *coloured* au teint clair.

« Jerusalem Cupido. »

Cupido. Un nom de *coloured* du Cap. Rien à faire.

Elle découvre des dents couleur sépia entre des lèvres parcheminées. Sa peau sèche fait l'effet du papier de verre sur ma paume.

« Hunter, dit-elle.

— Hunter ?

— Lily Hunter. Mais Lily sonne un peu trop tendre pour un vieil oiseau endurci, non ?

— Hunter, ça me va.

— Jerusalem, c'est exotique. Je n'y aurais jamais pensé pour un garçon. »

Je vois dans ses yeux rouges une trace de réserve maladroite, comme si elle essayait de se souvenir des vers poussiéreux d'un poème appris par cœur à l'école.

« En fait, je m'appelais Jude à la naissance, mais personne ne m'appelle comme ça. Jerusalem, c'est une plaisanterie de mon père. Vous comprenez, je suis moitié musulman, moitié juif. Et ma moitié musulmane est moitié malaise, moitié cubaine. Mon sang, c'est un roman d'aventures en direction du sud depuis Malacca, La Havane et Vienne.

— Ça a l'air romantique. Un amour tabou entre musulman et juif.

— Leur amour s'est éteint il y a longtemps. Si je n'étais pas là, il n'y en aurait aucune preuve.

— Compliqué pour tes parents, j'imagine… pendant l'apartheid.

— Je suis né à Amsterdam. S'ils étaient restés en Afrique du Sud, ils auraient été mis en prison. Après la libération de Mandela, ce n'était plus tabou.

— C'est un dieu, non ?

— Mandela ? *Ja.* Un dieu.

— Alors tu t'inclines devant qui ? Allah ou Jéhovah ?

— Ni l'un ni l'autre. Je n'ai jamais trouvé Dieu dans une mosquée ni une synagogue. »

Peut-être que Dieu se cache dans les parasites entre deux stations de radio, dans l'espace qui sépare deux photogrammes d'un film, dans les blancs entre les cadres d'une bande dessinée, dans les silences entre les répliques d'une pièce de théâtre. Ou bien Dieu peut être trouvé dans la métamorphose des choses : une perle qui se forme autour d'un grain de sable, la mer qui polit un tesson de bouteille de bière en une chose lisse et magnifique, des raisins que l'on presse pour en faire du vin, la seiche qui diminue jusqu'à n'être plus qu'un os.

Zero Cupido n'est jamais allé à la mosquée après qu'il a quitté ses parents à l'âge de quatorze ans. Pour lui, l'appel du muezzin n'est plus maintenant qu'un vrombissement lointain de moustique sur la bande-son du crépuscule au Cap, au même titre que les cris des petits vendeurs de journaux et que les roucoulements des pigeons.

Je me souviens vaguement d'une sortie avec ma mère jusqu'à une synagogue dans une ville un peu éloignée (au-delà du périmètre de sa honte). Je me suis assis et levé, assis et levé, au milieu d'hommes qui murmuraient des scores de cricket, des montants de déclarations d'impôts et des tuyaux pour les courses de chevaux, pendant que le rabbin psalmodiait sur un ton monotone. J'ai vu une mouche entrer dans la bouche d'un vieil homme qui ronflait et j'ai ricané jusqu'à ce que ma mère me réprimande depuis la pénombre.

« J'ai perdu la foi en Dieu... il y a longtemps », soupire Hunter.

J'ai le sentiment que le truc qui a balayé sa foi est trop profond et trop à vif pour être révélé comme ça.

Au même instant, la chienne du clochard intercepte un paquet de chips poussé par le vent qui souffle sur les pavés. Elle le coince sous sa patte et lèche le sel.

« Comment survit-elle, cette chienne ?

— Cette chienne ? Moonfleet ? Les gens lui jettent des trucs en passant.

— *Moonfleet.* Génial. Hé, au fait, vous auriez une pierre d'ambre avec une araignée à l'intérieur ?

— J'ai des fourmis piégées dans l'ambre. »

Elle fouille dans un bac d'imprimeur et finit par mettre une pierre couleur de miel entre mes mains.

Je la lève vers le soleil. Je plisse les yeux pour voir le filament d'une fourmi fossilisée.

« C'est combien ?

— C'est pour une fille, non ? »

Je sens mes joues rougir d'être aussi transparent.

« Ta petite amie ?

— Non. Une fille comme ça. Je ne connais pas encore son nom.

— *Une fille comme ça* ? Je vois. Je vais te dire… Je te l'échange contre cette baleine en turquoise. Elle sera parfaite dans ma vieille caravane. Elle va faire rejaillir la couleur de mes immortelles. »

J'imagine la vie solitaire de Hunter dans une caravane qu'elle partage avec des pierres muettes et d'immondes fleurs séchées.

8

Une ferme, quelque part au sud du Limpopo.

Deux dobermans déboulent en aboyant d'une ferme au toit en zinc. Les griffes dérapant sur les pierres, les queues coupées follement agitées.

Un paon s'envole dans un eucalyptus géant en poussant son cri, *kaaaaou, kaaaaou.*

Les deux types armés hurlent pour faire taire les chiens.

Les chiens apeurés viennent renifler les pieds de Jabulani.

Derrière la ferme est alignée une longue série de granges qui font l'effet de wagons de marchandises bloqués sur une voie de garage abandonnée.

Suivis par les chiens qui jappent, les deux types font avancer Jabulani devant un bassin entouré d'une barrière où des crocodiles ouvrent grandes les mâchoires pour se rafraîchir. Ils font semblant de ne pas voir les poules blanches, suspendues sans vie à un fil de fer.

« Depuis qu'ils ont goûté les Zimbos, ils ne mangent plus de poulet », plaisante celui dont la cicatrice part de l'œil gauche pour aller se perdre sous l'oreille.

Son comparse éclate de rire.

Une porte glisse sur un rail. Jabulani est jeté sur le sol couvert de sciure. Il entend le cri blessé du paon qui couvre les jappements des chiens. Il sent la fumée et le tabac à priser. Au moment où son regard se fixe sur les lattes qui filtrent la lumière, il s'aperçoit qu'il n'est pas seul. Un vieux Noir remue une bouillie fumante en train de cuire sur un fût. La peau parcheminée et sillonnée de son front est éclairée par un rayon de lumière où danse la poussière.

Jabulani imagine qu'il va voir du tabac suspendu au plafond comme des chauves-souris. Mais c'est une poutre nue qui court d'un bout à l'autre de la grange. Des lits métalliques superposés sont alignés le long des murs. Des couvertures de prison grises avec une unique ligne blanche sont pliées au carré.

Un vieux chien de chasse à la peau fripée lève des yeux rouges au milieu de bajoues en accordéon pour dévisager l'inconnu.

« Où suis-je ?

— En enfer. Tu vas regretter d'avoir passé la frontière.

— En enfer ?

— Nous sommes des esclaves, mon pote. Toi, moi… les autres sur la propriété.

— Les autres ?

— Les autres fugitifs qu'ils ont attrapés.

— Mais ils ne peuvent pas rafler des hommes comme du bétail.

— Quand ils ont des armes, ils peuvent faire ce qu'ils veulent. Il n'y a pas de loi supérieure à la leur ici. »

Le vieux chien pète, comme pour appuyer ses propos.

Le vieux sert une cuiller de bouillie dans un bol en émail et le tend à Jabulani.

« Je suis trop âgé pour creuser des trous, alors je fais la cuisine. »

Jabulani malaxe la bouillie dans sa main pour en faire une boule qu'il engloutit.

« C'est bon. »

Le vieux hoche la tête. Il puise de l'eau dans un fût profond qu'il verse dans une tasse en émail jaune provenant d'une longue rangée de tasses identiques suspendues à des clous. Il la tend à Jabulani.

Jabulani avale l'eau douce et fraîche en quelques goulées bruyantes, pour faire passer la bouillie.

« Ton chien est vieux, remarque Jabulani.

— Ils voulaient l'abattre. Il a perdu la moitié de ses dents. Ils lui ont appris à traquer les fugitifs. À chasser des gens comme toi et moi. »

Le vieux donne sa main au chien et rit quand le chien la lèche.

« Tu parles d'un chasseur, hein ? »

Jabulani rit. Ça fait du bien de rire après le fleuve et les chiens, et les deux malfrats.

« Toi aussi, tu vas être envoyé pour creuser des trous cet après-midi.

— Des trous ?

— Pour les poteaux qui servent à tendre la toile de camouflage au-dessus de la marijuana. Comme ça on ne peut pas la voir du ciel, et la marijuana ne meurt pas.

— Ils cultivent de la marijuana ?

— Maintenant c'est toi qui cultives la marijuana. Ils vont te mettre dans l'équipe des Planteurs. Les Planteurs, ce sont les rebelles et les nouveaux venus… ceux qui ne peuvent pas cacher la flamme dans leurs yeux. Ils restent des Planteurs jusqu'à ce que leurs têtes s'inclinent, jusqu'à ce que leur colonne vertébrale se voûte et que leurs pieds traînent. Ils deviennent alors des zombies. Nous les appelons les Ombres. Ils ont abandonné tout espoir de s'évader. Ils sont transportés en camion jusqu'au Limpopo avant le lever du jour et ils remplissent les fûts d'eau pour la marijuana. Ils passent leur journée à l'ombre de la toile de camouflage. Ils plantent les pousses de marijuana à un mètre les unes des autres et les arrosent un peu tous les jours. Pas trop, sinon les racines pourrissent. Et ils cueillent les feuilles supérieures qu'ils font sécher pour la *ganja*.

— Tu es dans cette ferme depuis combien de temps ?

— Deux ans et demi. Ma femme n'a plus entendu parler de moi depuis que je suis venu en Afrique du Sud. J'étais boulanger à Harare.

— Il n'y a pas moyen de s'évader ? D'envoyer un message quelque part ?

— Ceux qui s'enfuient sont abattus comme des vieux chiens. Les vautours les dévorent jusqu'à l'os. Un jour, j'ai envoyé un message sur un morceau de papier attaché à la patte d'un pigeon voyageur qui avait atterri sur cette grange. Il avait perdu le sens de l'orientation quelque temps. Il avait un anneau à la patte, il y a donc des chances que mon message ait été lu quelque part. Le problème, c'est que celui qui l'a reçu a dû penser que c'étaient les élucubrations d'un fou. Et puis je ne peux pas savoir où nous sommes. Il n'y a aucun point de repère dans cette zone desséchée près de la frontière. »

Jabulani estime que, en fonction de la distance qu'il a courue et du trajet dans le pick-up, ils doivent être à une quarantaine de kilomètres de la frontière.

Le vieux lui tend sa main vide.

« Mon nom est Jonas.

— Jabulani. »

Ils se serrent la main, puis les font pivoter pour entrelacer leurs pouces.

9

Marché d'Hermanus.

Les camionnettes ont déchargé leur cargaison. Les cartons ont déversé leur contenu. J'ai disposé mes animaux en perles.

Le marché est un *jamboree* de couleurs : sarongs en coton kenyans appelés *kikois*, rouleaux de tissus indiens, de soies chinoises, pyramides de mangues et d'oranges, de poivrons jaunes et rouges, de bananes dorées.

Le marché résonne du rap des Tanzaniens qui vendent leurs bois sculptés, du marmonnement d'un faux shaman zoulou monnayant son *muti* magique (un mélange de betterave, d'ail et de miel) pour vous guérir du Virus ou encore une fiole pour jeter un sort sur les serpents et les chasser, du gémissement de la flûte d'un charmeur de serpent marocain, du son sec des joueurs de marimba du Malawi, de la plainte envoûtante sortie de la corne en algue du type qui signale la présence des baleines.

Au lieu de s'embarquer sur des bateaux surchargés qui gîtent dangereusement à destination de l'Espagne ou de l'Italie, les jeunes Africains habités d'un rêve ardent vont plutôt descendre vers le sud, en laissant derrière eux des pays où un dirigeant coiffé de léopard s'engraisse grâce aux fonds internationaux. Ils dépenseront tout l'argent qu'ils ont pour voyager sous des bâches dans des camions ou dans les cales de cargos. Ou bien ils parcourront à pied des kilomètres et des kilomètres, traverseront des frontières, éviteront les hommes et les animaux qui les chassent sous un ciel sillonné par les vautours. Coûte que coûte, ils finiront par rejoindre Le Cap, le Londres de l'Afrique. Et, plus au sud encore, cette place de marché.

Il y règne une atmosphère de village, où tout le monde se connaît. Les commerçants se sifflent ou se font des signes de part et d'autre de la place ; ils se serrent la main et traînent ensemble.

Il y a aussi les gens du coin et les vacanciers qui circulent sur la place. Il est facile de les distinguer. Les gens du coin ont une peau burinée par le vent et fatiguée par le soleil, et une démarche un peu alanguie. Ils ont perdu toute raideur. Les vacanciers chics, venus de Johannesburg au Nord, ont tendance à avoir une démarche sautillante. Ils cherchent à avoir l'air cool dans leurs tenues Billabong et leurs tongs, mais ils restent à l'écoute de leurs téléphones portables, histoire de ne pas rater une affaire. Les vacanciers à la peau pâle, en provenance de l'étranger, sont repérables comme des habitants d'une autre planète, remplis d'une joie muette, avec leurs sacs Crumpler et leurs Crocs colorés aux pieds.

Un marchand de fruits *coloured* couvre de son cri aigu la cacophonie des voix. *Liii-tchiii. Liii-tchiii.*

Voyant que je l'écoute, il me balance une petite boule rouge à travers la place. Je fonce pour l'attraper.

Les piquants du fruit se plantent dans ma paume. Je brise la peau de reptile d'un coup de dent et je suce le délice sucré jusqu'au noyau.

« C'est à qui ce stand ? » tonne une voix de basse.

Je pivote sur moi-même pour voir un gros cul en forme de bongo devant mon stand.

La touriste équipée d'une caméra vidéo, en chaussures de marche dernier cri, se penche sur les animaux en perles comme si elle était à la recherche d'un défaut de fabrication. Elle les rejette les uns après les autres : renverse une girafe, retourne une tortue, tord les queues des salamandres.

« Combien ? »

Je tente de garder mon calme en remettant les animaux en place.

« Ça dépend. Vous aviez quelque chose en tête ? »

Elle prend le pingouin.

« Combien pour cet oiseau ? dit-elle avec un accent nasal.

— Ce pingouin, c'est cent rands.

— Cent rands ? Je t'en donne la moitié. »

Elle lâche le pingouin et tripote une salamandre. Pour l'instant, je n'ai fait qu'échanger une baleine pour une pierre et maintenant cette femme veut un pingouin au prix coûtant. *Nada* à donner à Zero, sans parler de ma poche. Il faut que je garde à l'esprit le conseil de survie n° 2 de Zero et que je marchande dans un sens et dans l'autre, mais elle réduit ce tango à néant avec son allure de va-t-en-guerre.

« Je suis désolé. C'est ce que j'en veux.

— Tu viens de perdre l'argent, mon garçon. »

Elle laisse tomber la salamandre et se déplace vers les cauris de Hunter.

« Passez votre chemin, lâche Hunter. J'ai que dalle à vous vendre. »

La femme fait un bond en arrière, lestée par ses jumelles et sa caméra en forme de bazooka.

Hunter s'esclaffe, et je ris en écho tout en remettant droits les pieds tordus du pingouin.

Hunter et moi, on est dans le même bateau. Une vieille femme blanche, avec une peau comme la cosse d'une groseille à maquereau, et un garçon *coloured* éperdu d'amour. Un duo de choc.

Un bruissement de serpentins sur le tissu rêche du monde.

Je sens l'algue à marée basse dans le vent frais qui vient du port.

Je me rends compte que je n'ai pas vu les chiens errants du marché de toute la journée.

10

Une ferme au sud du Limpopo. Midi.

Panganai et Tendai arrachent des morceaux de barbe à papa aux nuages roses, pendant que la Chinoise en tutu rose tourne en rond sur son cheval de cirque.

Les jappements frénétiques des chiens et le grondement du moteur Diesel arrachent Jabulani à sa rêverie.

Il sent la bouillie que Jonas a fait cuire dans la lumière morne, chargée de poussière.

Un ordre crié est une note haut perchée au-dessus des tonalités graves des hommes qui chantent dans sa langue.

Jabulani se prépare à voir une bande de vieux types endurcis et blasés.

La porte de la grange glisse sur son rail, et les hommes entrent d'un pas traînant. Il émane d'eux un relent faisandé de fumée et de sueur.

Contournant l'inconnu, ils vont puiser de l'eau dans le fût avec les tasses en émail. Ils en boivent la moitié et versent le reste sur leurs têtes. La fraîcheur bienfaisante de l'eau fait naître des sourires sur quelques visages.

Jonas avance d'un pas timide. Les hommes sont plus jeunes et plus fringants que Jabulani n'avait imaginé. Il doit s'agir des Planteurs.

« Les gars, je vous présente Jabulani, dit Jonas. C'est un professeur. »

À la façon dont ils hochent leurs têtes mouillées dans sa direction, on voit qu'ils éprouvent une crainte mêlée d'admiration pour les professeurs. Il n'y a pas si longtemps, ils étaient tous assis aux pieds d'un instituteur, ardoise et craie en main, impatients d'apprendre ce qu'était le monde au-delà du Limpopo.

*

Jabulani saute dans un vieux camion militaire avec les Planteurs.

Les Planteurs murmurent pour exprimer leur sentiment d'injustice quand ils passent devant les Ombres de l'autre côté des barbelés. *Ils ont la belle vie. Ils restent à l'ombre des bâches. Ils ne sont pas brûlés par le soleil. Ils ne sont pas traqués par des types armés.*

La marijuana que les Ombres désespérées cultivent sous les bâches est d'un vert insensé. Un vert de mamba, mais effervescent. Les plants dansent aussi innocemment que le lotus ou la feuille de palme dans le vent sec.

Lorsque le camion militaire s'arrête sur un espace poussiéreux sans barbelés, ils déchargent de l'arrière du camion les poteaux qu'ils vont planter dans les trous.

Un des hommes grimpe sur un poteau, marteau dans la poche arrière et clous dans la bouche, comme une salamandre démoniaque aux mâchoires dentées. Ils attachent une corde à la bâche, lui la tire et la fait passer pardessus la traverse. Une fois que c'est tendu comme une toile de trampoline, il la cloue.

Le boulot de Jabulani, comme l'a prédit Jonas, c'est de creuser des trous à la pioche.

Les pioches s'abattent toutes en même temps. Les hommes chantent au rythme des coups de pioche tandis que la poussière rouge commence à s'élever. Si un homme se redresse pour masser son dos douloureux, un type armé aboie immédiatement pour qu'il reprenne son travail.

Un homme maigre, l'air un peu hagard, avec des cheveux longs et blancs qui ressemblent à de la paille sous son chapeau de cow-boy, se déplace en tous sens sur un cheval nerveux.

Il rappelle à Jabulani le vieux Willie Nelson : barbe blanche de trois jours, yeux d'oiseau de proie. Le souvenir de bières glacées dans un bar d'étudiants à Harare, avec Nelson et Dylan en fond sonore, lui traverse fugacement l'esprit.

L'homme à la joue fendue et son comparse, assis sur le capot de la Land-Rover, balancent leurs rangers.

Deux autres types armés fument à l'ombre du camion militaire.

Jabulani observe le paysage désertique autour de lui. Impossible de s'enfuir en courant sans être abattu.

Un fouet claque. Jabulani sursaute.

« Hé ! On n'est pas à la plage. Creuse ou tu vas sentir la morsure de mon mamba. »

Le cow-boy découvre ses dents et ricane joyeusement en voyant le nouveau donner des coups de pioche avec tant d'énergie.

« Cet albinos, c'est le diable, murmure un Planteur à l'oreille de Jabulani. On l'appelle le Cow-Boy Fantôme. »

11

Marché d'Hermanus. Après-midi.

J'aperçois la fille aux mouettes qui palpe et sent des oranges. J'ai des picotements sur tout le crâne. Mon cœur bat un rythme de caisse claire.

Le marchand de fruits interrompt son chant pour la regarder. Il épluche un litchi avec ses doigts de loutre et lui tend la petite boule blanche.

De là où je suis, je ne peux pas la voir la mettre dans sa bouche.

Il tend la main, paume vers le ciel, pour récupérer le noyau.

J'abandonne mon stand pour mieux les observer.

Elle se penche et crache le noyau dans sa main.

Il le met dans sa poche. Puis il pèle une orange et lui donne un quartier.

J'imagine le jus coulant sur ses lèvres, parce qu'elle s'essuie le menton du revers de la main. Elle incline la tête vers lui.

Il est aux anges. Avec des mimiques de clown, il touche des oranges comme s'il caressait des seins. Quel porc arrogant.

Elle rit de son numéro et lui fait signe qu'elle en prendra six. Une main et un pouce dressés.

Il fait tourner le sac en papier au moment où il le lui tend.

Elle passe d'un stand à un autre. Elle vient de mettre, d'un geste désinvolte, un chapeau de plage sur sa tête qu'elle bascule pour se voir dans un miroir. Elle s'arrête à présent pour regarder un type aux dreadlocks qui dansent en tous sens jongler paresseusement avec des bâtons. On les appelle bâtons du diable, parce qu'ils sont recouverts du caoutchouc noir de pneus de bicyclette. Le regard de la fille arrache le mec aux dreadlocks à sa torpeur, et le voilà qui fait danser ses bâtons très haut dans le ciel. Elle rit en voyant ses dreadlocks se tortiller comme des serpents dressés.

Je prends ma guitare et je me mets à chanter Dylan pour tenter de détourner son attention.

Elle repart dans ma direction, en balançant son sac d'oranges.

Mon cœur bat fort.

Derrière elle, le mec aux dreadlocks se sentant abandonné rattrape ses bâtons et se donne une tape sur le cul pour me faire comprendre que j'ai saboté son numéro.

La fille aux mouettes est maintenant devant moi. Ses orteils sont peints en bleu.

Ma voix déraille. Je jette un coup d'œil à Hunter, qui comprend tout en une fraction de seconde et fronce les sourcils pour mieux me voir.

« Tu joues vraiment bien. »

La voix de la fille est aussi limpide que le son d'un flûteau, aussi fraîche que la citronnelle, aussi douce que le miel d'acacia.

Je pose ma guitare. Les cordes non coupées au-delà des chevilles tremblent comme les antennes d'un papillon de nuit.

Elle laisse ses doigts effleurer les animaux en perles et fil de fer. Chaque animal reprend vie sous le bout de ses doigts. Un pingouin remue sa queue chétive. Un caméléon déroule sa langue étincelante. Une tortue bascule la tête. Elle fait se cabrer un hippocampe. Les perles scintillent au soleil. Une nageoire dorsale devient floue comme les ailes d'un oiseau-mouche. Et, une fois délaissés par ses doigts, les animaux se figent de nouveau.

Je ne les considère plus comme de simples babioles à revendre pour le compte de Zero : ce sont des objets dotés d'une âme.

« Tu en veux combien de cet hippocampe ? »

Pas un mot ne franchit mes lèvres.

« Ils valent cent rands, lance Hunter. Mais peut-être que vous pouvez marchander un peu. »

Je jette un regard furieux à Hunter.

« Il est à toi, dis-je à la fille aux mouettes.

— C'est gentil. Les cent rands, c'est pour la chanson, c'était tellement magique. »

Avant de me donner le billet, elle le plie en deux, comme pour rendre la transaction moins mercantile. Ou comme pour me donner un petit mot.

En passant devant le figuier, elle pose une orange dans la main du clochard et se penche pour caresser sa chienne.

Je suis aux anges, et c'est incurable.

« Tu ne peux pas donner ta marchandise comme ça, me reproche Hunter.

— C'est une vraie déesse, tu trouves pas ?

— Regarde-la flotter, dit Hunter sur un ton moqueur. Attrape-la avant qu'elle ne s'envole comme un cerf-volant. »

Puis sa voix murmure sur un accord mineur :

« J'étais belle autrefois. »

Mes yeux se détournent.

Je vois un jeune Noir traverser en courant la place du marché comme s'il avait le diable à ses trousses. Il trébuche et tombe lourdement aux pieds de la fille aux mouettes. Sa bouche s'entrouvre comme s'il allait lui dire quelque chose. Peut-être la supplier de retirer le couteau qu'on lui a planté dans le dos. Mais il préfère cracher du sang sur ses sandales.

Le sac d'oranges tombe à terre. Le sac se déchire, et les oranges roulent en tous sens. Il y a un étrange hiatus avant que la voix aiguë de la fille aux mouettes ne couvre tout le marché.

Les bâtons du diable du type aux dreadlocks retombent sur le sol.

Le marchand de fruits interrompt son chant entre deux syllabes. *Liii…*

J'ai l'impression de courir sous l'eau, à travers des algues. Je peux à peine projeter mes pieds en avant.

Le clochard-professeur la rattrape au moment où elle s'effondre. Il pose la tête de la fille à l'ombre un peu verte de son figuier. Ses cheveux s'étalent comme ceux de Vénus sortant des eaux. Moonfleet la renifle.

Je retire mon T-shirt et je le glisse sous sa tête.

Un homme sort du Fisherman's Cottage, un verre d'eau à la main.

Je le supplie de me le donner. Je verse l'eau, retire la tranche de citron et saisis le glaçon. Je le passe sur son front et le long de ses bras. Nous sommes à présent entourés par une foule de badauds qui n'observent pas d'un très bon œil ma méthode de réanimation un peu loufoque. Une fois que le glaçon a fondu, mes doigts continuent d'effleurer sa peau.

Dans mon esprit, sa peau est une toile parfaitement lisse. Je peins en rose pâle ses tétons et son nombril, une virgule coupe en deux l'espace plat situé entre les parenthèses de ses hanches.

L'homme qui saigne se tortille sans émettre un son. Sa tête repose dans une flaque de sang.

Comment puis-je nourrir des fantasmes à propos d'une inconnue pendant qu'un type se vide de son sang à côté de moi ? Et comment se fait-il que les gens se préoccupent de son sort à elle plutôt que de celui du type ?

C'est seulement maintenant que l'homme du Fisherman's Cottage part appeler une ambulance.

Et que le mec aux dreadlocks retire le couteau. Puis le plante dans le figuier, avant de s'essuyer la main sur son jean.

Et que le clochard s'en mêle en pressant ses mains sur la blessure.

Je sens un frisson sous la peau de la fille aux mouettes. Ses paupières tremblent et s'ouvrent tout doucement, et il y a une lueur dans ses yeux, visible dans la fente de ses paupières avant qu'elles ne se referment. Soudain, elles s'ouvrent complètement et révèlent le bleu des mers du Sud de ses yeux. Je lui souris, mais elle me regarde sans me voir. J'ai envie d'embrasser l'ombre d'une ride au coin de ses yeux, ou les grains de beauté couleur cannelle sur ses joues.

À présent, d'autres gens s'occupent de la transporter jusqu'au Burgundy Hotel. J'ai l'impression qu'ils veulent arracher cette peau blanche à mes mains de *coloured*.

À présent, le type est mort, et le figuier poignardé répand sa sève blanche, et les mains du clochard sont tachées de rouge.

Je ramasse mon T-shirt. J'y trouve un de ses cheveux, épais comme du crin. Je l'enroule autour d'un doigt et le lève vers le soleil. Puis je couvre la tête du mort de mon T-shirt.

Autour de moi, des gens prononcent leur sentence concernant le meurtre. C'est bien la preuve que ce pays court à la catastrophe. Et que le type devait avoir des activités un peu louches.

Le professeur fouille les poches du type et trouve un passeport tordu, un peu déchiré.

« Il vient du Zim.

— Et un réfugié de plus », dit le marchand de fruits.

Moonfleet lèche la flaque de sang qui se coagule.

« Nous sommes tous des réfugiés dans ce pays », lâche le professeur en désignant sa chienne du regard.

Puis il claque ses doigts ensanglantés, et les voilà partis : les oreilles de la casquette se soulevant à chaque pas, un fil pendu à sa poche, la queue de Moonfleet servant de gouvernail dans le vent.

Une sirène hurle en direction d'un soleil indifférent.

*

De retour à mon stand, je cache le cheveu de la fille aux mouettes dans un livre, *De l'amour et autres démons*.

J'enfile mon maillot de rugby (que j'ai toujours là, en cas de coup de vent).

« Il n'y a pas que des histoires de baleines et d'hibiscus dans cette ville, note Hunter. Les choses peuvent devenir dangereuses. »

Je mets de côté le bonheur d'avoir trouvé un souvenir de la fille aux mouettes pour m'abandonner au chagrin que m'inspire ce pays où un homme est tué parce qu'il est étranger.

12

Une ferme quelque part au sud du Limpopo. Crépuscule.

Un lièvre fait des bonds à travers le *veld*, et les gardes posent leurs fusils pour essayer de l'attraper.

Le Cow-Boy Fantôme glisse de sa selle pour se joindre à la traque.

Chaque fois que le lièvre bondit pour se réfugier dans un trou, ils agitent les bras, les doigts écartés.

Le Cow-Boy Fantôme lance un caillou. Le lièvre tressaille quand le caillou fait un *tump* en touchant l'os sous la fourrure.

Les hommes éclatent de rire.

Du coin de l'œil, Jabulani aperçoit un Planteur qui s'est mis à courir. Il tourne la tête pour le suivre. Derrière lui, il entend les « oh ! » et « ah ! » des hommes et le bruit sourd des pierres qui atteignent leur cible.

Il pivote rapidement et voit le sang qui se répand dans la fourrure tremblante.

Le Cow-Boy Fantôme surprend l'homme en train de s'enfuir et enfourche son cheval.

S'emparant de son long fusil, le Cow-Boy Fantôme l'abat au premier coup de feu.

Le Zimbabwéen fait une roulade dans la poussière.

Les sabots de devant du cheval dansent autour de la tête du type qui hurle. Froidement, le cavalier tire un second coup du fusil calé en travers de la selle. La tête du type tressaute avant que la détonation ne vienne siffler dans les oreilles de Jabulani.

Le cavalier passe un lasso autour du pied de l'homme et le traîne dans la poussière.

Les autres types armés ordonnent à des Planteurs de le jeter à l'arrière de la Land-Rover. Pour les crocodiles.

Puis les Planteurs se remettent à chanter au rythme des pioches. Ils ne sont pas morts, donc ils chantent. Ils chantent leur village qu'on aperçoit depuis le train en revenant chez soi après un long exil. Ils chantent le baume humide, réparateur, des hanches d'une femme. Ils chantent la magie de la danse d'une jeune fille.

Au nord, de l'autre côté du Limpopo, une femme sent que son homme vient de mourir d'une mort terrible, abjecte, et un gémissement s'échappe de ses lèvres en direction du soleil.

13

Hermanus. Un autre lever du jour.

Les mouettes crient faiblement et dessinent leurs boucles dans un ciel nacré. Les moineaux pépient joyeusement dans le frangipanier. Les *dassies* sortent de leurs cachettes.

La fille aux mouettes quitte une maison blanche, une miche de pain dans la main.

Les moineaux prennent leur envol alors qu'elle s'approche en flottant du frangipanier.

Elle s'arrête, un peu déboussolée par cette merveille. Au bout des doigts du frangipanier, une myriade d'oranges brillantes.

Je reste caché dans le *fynbos*. Au tréfonds de mon âme, je ris de la voir se frotter les yeux.

Elle prend une orange et la tourne dans sa main comme pour se prouver que ce n'est pas un rêve. Elle jette l'orange en l'air et la rattrape, jette l'orange en l'air et la rattrape.

J'entends le claquement délicat de l'écorce contre sa paume. Elle regarde dans ma direction sans me voir.

En franchissant le portail, elle glisse l'orange dans une poche de sa robe.

Elle jette des morceaux de pain aux mouettes et aux *dassies*, puis tend la main pour que les moineaux viennent y picorer. Pendant tout ce temps, elle lance des regards alentour dans l'espoir de percer l'énigme du frangipanier.

Quand tout le pain a été distribué, elle descend les marches de pierre jusqu'au bassin de marée.

Au bord du bassin, elle laisse tomber sa robe et se retrouve dans un bikini couleur jade. Des ailes d'ange tatouées se déroulent depuis ses omoplates jusqu'au bord de sa culotte de bikini. Le cordon de son soutien-gorge empêche les ailes de se déployer et de la faire s'envoler, version féminine d'Icare, vers le bleu profond et aveugle de Walker Bay.

Je frissonne en pensant à l'aiguille du tatoueur infusant son encre noire sous sa peau.

Elle plonge dans le bassin. L'eau déforme sa silhouette, étirant des lignes sinueuses qui la suivent pendant qu'elle glisse sous la surface. Elle émerge, la respiration accélérée par le froid. Puis elle nage en papillon jusqu'au bord opposé. À chaque moulinet de ses bras, ses ailes jaillissent de l'eau. J'aspire une goulée d'air marin à chaque apparition de ses ailes.

Une grosse vague isolée projette de l'écume par-dessus le mur, dissimulant la fille à mes yeux un instant, la dévoilant à l'instant suivant dès que l'écume s'est dissipée. Arrivée au bord opposé, elle exécute un virage, oh ! tellement parfait, les talons collés à son joli cul de jade.

Je me sens défaillir.

À présent, elle fait la planche, les orteils en éventail vers le ciel, comme le font les vieux aux os creux sur la mer Morte. Elle est à la merci de la marée et du contre-courant, et, chaque fois que je redoute qu'elle ne soit aspirée au large par une vague qui reflue, une nouvelle vague vient balayer le mur.

De l'autre côté du bassin de marée, c'est le seul poids d'une orange qui empêche le vent de voler sa robe légère.

*

Je passe en courant devant le bassin de marée et je me retrouve sur le sable dur et plat au bord du lagon. Je baisse la tête au moment où une mouette tombe du ciel et pique sur moi en criant. Elle fait un cercle et pique de nouveau. Cette fois, ses pattes palmées éraflent mes mains qui protègent ma tête. Je file loin des dunes où sont cachés les œufs de la mouette.

14

Une ferme quelque part au sud du Limpopo. Crépuscule.

Ils jouent au football derrière la ferme, sur du sable durci par leurs pieds. Le ballon atterrit bien au-delà des montants branlants des buts.

Jabulani poursuit le ballon jusque dans le *bundu*, et un coup de feu vient siffler à son oreille. Il se jette à plat ventre dans la poussière.

Les autres Zimbabwéens éclatent de rire. Ils se sont tous pissé dessus à tour de rôle pour être allés chercher un ballon perdu sans l'approbation des gardes.

Les gardes apportent deux caisses de bière fraîche. Très vite, la conversation animée des Zimbabwéens tourne autour du football et des filles. Pas une allusion à leur compatriote abattu. Pas un coup d'œil à la mare aux crocodiles de peur d'y voir surgir un os ou un pied.

Le verre glacé apaise les paumes à vif de Jabulani.

Au loin, il entend les cris des enfants des gardes qui jouent dans la piscine. L'envie le démange de plonger sous l'eau comme il avait l'habitude de le faire dans la piscine de l'école, le week-end. Il entend le *top-top* rythmé d'une balle de tennis sur un court. Le bruit lui rappelle celui des cailloux sur la fourrure du lièvre.

Un paon pousse son cri. *Kaaaooo.*

La lame d'une *panga* dans la main de Jonas s'abat. Une pastèque s'ouvre en deux hémisphères rouges. D'une main habile, il les coupe en tranches.

Les hommes mordent dans leur tranche et affichent d'absurdes sourires verts à la Picasso.

*

Une fille noire apporte une caisse de bières aux gardes. Elle est torse nu. Elle est jeune.

Les gardes font des grimaces en voyant ses seins danser quand elle décapsule leurs bières. Le Balafré lui pince les fesses.

Le Cow-Boy Fantôme fait signe à Jabulani d'approcher.

Il trottine en direction des gardes et de la fille.

« Oui ?

— Oui, maître, dit le Cow-Boy Fantôme en ricanant.

— Oui, maître.

— Tu trouves cette fille jolie ?

— Elle est jolie.

— Maître.

— Maître.

— Tu la baiserais ? lance le Balafré.

— C'est une petite fille. »

Le Cow-Boy Fantôme presse son sein dans sa main jusqu'à ce qu'elle se torde de douleur.

« Elle est aussi mûre qu'une mangue, lâche le Cow-Boy Fantôme.

— Vous n'êtes pas bon, maître. »

Tous les autres Blancs éclatent de rire.

« Ouah. Tu vas aller en enfer, hein ? Hein, hein ? dit le Balafré sur un ton provocateur.

— Je vais aller en enfer, boy ? demande le Cow-Boy Fantôme.

— C'est à Dieu d'en juger, murmure Jabulani.

— Dieu ? Si je force cette fille à me faire une pipe, est-ce que Dieu va jouer les héros ? Est-ce qu'il va me foudroyer ? Ou bien envoyer un ange pour me tuer ? Souviens-toi que les nazis ont fait des abat-jour avec la peau des juifs, et Dieu n'a pas levé le petit doigt. Sans l'intervention des Américains, ils auraient éliminé les juifs de la planète. Aujourd'hui, Mugabe vous baise à n'en plus finir, et les Américains regardent dans la direction opposée. Et là, ouah !, comme un diable qui sort de sa boîte, Dieu va rappliquer pour *me* juger. »

Jabulani baisse la tête.

« J'ai tué un type hier. Tu l'as bien vu, boy. Je n'éprouve aucun regret. Aucune culpabilité. Aucune crainte de Dieu. Regarde ma main. »

Il tend la main, parallèle au sol.

« Aussi immobile qu'un foutu cadavre. Hein ?

— Immobile, maître.

— Alors, dis-moi, pourquoi est-ce que je ne te descends pas ? Juste pour m'amuser. »

Il serre le poing.

« Je tiens ta vie dans ma main, boy.

— J'ai une femme et des enfants. Tout ce que je veux, c'est un travail. J'ai besoin de leur envoyer de l'argent. Si vous me laissez partir, maître, j'oublierai que j'ai jamais vu cet endroit. »

Le Cow-Boy Fantôme desserre le poing pour agiter l'index en direction de Jabulani.

« Mais le problème… le problème, c'est que tu ne peux pas oublier ma tête. »

Les gardes rient, goguenards, et crachent dans la poussière.

« Je vais te dire ce que je vais faire. Je vais te laisser travailler dans cette ferme. Je vais te laisser vivre. Je vais te donner de la bière. Alors peut-être que pour toi il y a un Dieu. Maintenant, je trouve que tu as été malpoli avec cette fille. Elle a des seins magnifiques et tu regardes tes pieds. »

Jabulani bouge les pieds.

« Regarde-la ! »

Jabulani relève la tête. Il sent son *isinjonjo* durcir et il joint les mains pour le cacher.

« Ta queue ne ment pas. Tu as envie d'elle. Je veux que tu te mettes à quatre pattes et que tu hurles pour elle. Hurle comme un chien sous la lune. »

Jabulani jette un coup d'œil du côté des Zimbabwéens. Ils ont tous les yeux rivés sur lui. Jonas lui fait un signe de la tête.

Jabulani tombe à genoux et lâche un jappement hésitant, mélancolique.

Le type à la cicatrice lui donne un coup de pied dans les côtes.

Jabulani, qui a enseigné Orwell et Achebe, hurle maintenant sa douleur, sa fureur, son désir coupable dans ce désert de poussière sans dieux.

15

Hermanus. Crépuscule.

Je traîne sur la place du marché qui se vide. Je me rends compte qu'il y a bien longtemps que je n'ai pas écrit de poème. C'est comme si le monde, si coloré soit-il, dansait devant moi de manière trop fugitive pour que je puisse le fixer sur le papier : des fils télégraphiques tremblent comme des cordes de guitare, la mer ondule, les mouettes sont indécises, la terre frémit toute la journée sous le soleil. Pourtant, chaque ligne que j'écris me fait l'effet d'être avachie, défraîchie, empêchée.

Des hommes de toutes les couleurs s'attroupent autour d'une voiture pour suivre un match de cricket à la radio. Un guichet anglais tombe, et ils se mettent à danser, à se taper dans les mains, à crier victoire. Dans ce pays, nous nous volons, nous nous tuons, nous nous brûlons les uns les autres… jusqu'à ce qu'une balle de cricket, un ballon de rugby ou de football déclenche un fol accès de camaraderie soudaine et de beuverie et de clameurs de *vuvuzela*.

Après l'euphorie de la victoire sur les West Indies à Noël dernier, l'Afrique du Sud a connu une année maudite. Nous avons perdu contre le Sri Lanka et l'Inde.

Je l'aperçois assise à une table sur la terrasse du Burgundy Hotel. Je ne sais pas pourquoi, mais j'ai l'impression que le type à ses côtés est son amant.

Les parasols claquent et dansent dans le vent comme s'ils suivaient, eux aussi, le match de cricket. Ils n'éprouvent aucune sympathie pour mon chagrin inopiné.

Je m'assieds à une table vide près de la leur. Je me demande si elle va me reconnaître, mais elle scrute du regard le sachet de thé qui flotte dans sa tasse en porcelaine.

LUI : Hé, Lotte. Il se trouve que tu étais là, c'est tout.

Lo-tte. Une bouffée de nostalgie attachée à la pointe de sa langue.

Elle pêche le sachet de thé et l'écrase impitoyablement entre deux doigts.

ELLE : J'ai eu l'impression qu'il voulait me dire quelque chose.

LUI : Mais c'est absurde.

ELLE : Je suis la dernière chose qu'il ait vue.

Elle fait passer sa tasse d'une paume à l'autre. Ses yeux clignotent dans ma direction.

LUI : Concentre-toi, Lotte.

Il prend ses mains dans les siennes.

LUI : Viens à Jozi avec moi.

Jozi, Johannesburg. Jazzy, mais risqué. Une zone de guerre branchée.

ELLE : Je ne veux pas me retrouver emprisonnée derrière un mur de barbelés. Et puis je ne peux pas peindre à Jozi.

Elle écarte les mains, et la tasse retombe bruyamment sur la soucoupe.

ELLE : J'ai besoin de la mer.

Il chasse de l'air entre ses lèvres pincées. De toute évidence, il méprise les caprices des artistes qui s'attachent à des choses aussi éthérées que les muses et les vibrations.

LUI : Écoute... Je veux que tu fasses profil bas jusqu'au week-end. Jusqu'à mon retour.

ELLE : Profil bas ?

LUI : Hier, tu avais du sang d'un inconnu sur les pieds. Aujourd'hui, un dingue s'en est pris à ton frangipanier. Je ne suis pas superstitieux... mais ce sont peut-être des signes.

ELLE : J'ai trouvé que c'était magique.

Je souris comme un abruti.

LUI : *Magique* ? De la magie noire, peut-être. Si tu restes, je t'interdis de te promener seule sur le bord de mer au-delà de Kwaaiwater ou d'aller nager dans le bassin de marée à l'aube.

ELLE : Al, j'adore ce chemin. J'adore marcher jusqu'au lagon. Et j'adore plonger dans le bassin à ce moment-là. Si tu n'étais pas toujours épuisé, nous pourrions nager ensemble.

Al. Peut-être qu'elle est attirée par les types qui ont des noms très courts. Elle serait terrifiée par ma litanie de voyelles.

LUI : Ça ne va pas durer éternellement. Dès que j'aurai les papiers pour ce deal avec Taiwan, les choses vont se calmer. Je vais pouvoir m'occuper de tout ici. Nous allons nous marier et avoir un bébé...

Sous mes pieds : des galets, un bouchon de vin, des capsules de bouteilles, des mégots, une coquille d'huître.

ELLE : Une fille.

LUI : Nous lui ferons des couettes.

ELLE : Nous laisserons ses cheveux détachés.

LUI : Nous lui ferons porter des jeans pour qu'elle puisse sauter et grimper comme un garçon.

ELLE : Elle portera une robe qu'elle pourra coincer dans sa culotte quand elle voudra sauter. Et elle se fichera pas mal que les garçons puissent voir sa culotte quand elle grimpera aux arbres. Tu veux restreindre sa liberté alors qu'elle n'est pas encore née. Et tu vas me dire qu'il faudra cacher mes seins sous un foulard quand je la ferai téter dans un café. Tu me fais penser à un musulman. Ou un Américain.

Il se met à bouder pour l'apitoyer.

Lotte m'adresse un sourire, rapide, éphémère. Peut-être que je l'ai imaginé. Elle répand du sucre sur la table et dessine quelque chose du bout du doigt. Elle fronce les sourcils en essayant de se souvenir où elle m'a vu auparavant.

Un cafard, léger comme une plume, escalade mon pied pour atteindre le sucre. Je frissonne.

Des jumeaux se présentent devant la terrasse du restaurant. Ils s'inclinent. Un des garçons joue un air sur une petite flûte zouloue, et les mots de l'aria de Papagayo s'envolent de la bouche de l'autre garçon, des mots comme des oiseaux qui plongent et virevoltent pour échapper à celui qui veut les attraper.

Al jette dans leur chapeau la petite monnaie qu'il a trouvée dans ses poches.

Je trouve une pièce dans la mienne.

Ils s'inclinent de nouveau et repartent dans la lumière orangée.

LUI : Viens à Jozi avec moi, Lotte. Je t'en supplie.

Je sors ma guitare et je plaque un accord.

Lotte se souvient à présent. Elle sourit et balaye le sucre d'un souffle.

Je fais vibrer le désir que j'ai d'elle.

Al aspire le liquide qu'il a renversé sur sa soucoupe.

ELLE (en riant) : Rappelle-moi pourquoi je t'aime, Al Pike.

LUI : Parce que tu n'as plus de raison d'avoir peur quand je suis avec toi. Et tu n'auras jamais à faire la manche. Et puis tu as été follement séduite, non ?

ELLE : Ah bon ?

LUI : Mais si. Et je t'ai donné un sacré caillou. Regarde comme il prend bien la lumière.

Il attrape sa main et fait pivoter sa bague pour faire étinceler le diamant comme une mèche embrasée.

LUI : Tu m'appartiens.

Ma sérénade s'interrompt.

ELLE : Vraiment ?

LUI : Bien sûr.

Ils s'embrassent.

Je glisse un billet de dix rands sous ma tasse de café.

Un 4 × 4 Touareg klaxonne au moment où je traverse précipitamment pour rejoindre le chemin de terre. Je descends les marches en direction du vieux port. En passant, je cueille des cannas rouges. J'arrache les pétales que je jette dans l'eau du port et je les vois former un point d'interrogation à la surface.

Y a-t-il un remède à cette fièvre qui fait bouillir mon sang ?

Je m'assois sur la jetée et je joue de la guitare, le plus fort possible. Le ressac d'une mer apathique claque mollement contre la digue.

Des mouettes, perchées sur les poteaux de salage branlants où les pêcheurs font sécher leur poisson, se moquent de moi.

Je crie : « Est-ce qu'elle n'est pas belle ? »

Kaaak, kaaak est tout ce qu'elles me répondent.

Quelques *dassies*, au pelage mité, à la recherche du soleil, clignent de leurs yeux pleins de chagrin dans ma direction depuis le toit en zinc rouge d'un vieux hangar de baleiniers.

Le professeur, suivi comme son ombre par Moonfleet, descend sur la rampe où les baleiniers déposaient les baleines harponnées.

Moonfleet sautille et aboie en entendant ma musique. Les mouettes s'envolent des poteaux de salage. Les *dassies* s'enfuient du toit en zinc brûlant.

Le professeur roule son pantalon sur ses mollets et avance pieds nus dans l'eau peu profonde. Ses mains exécutent des mouvements de tai-chi en direction du ciel.

Moonfleet, bondissante, vient lécher le sel sur la plante de mes pieds.

Je joue de la guitare jusqu'à ce que mes doigts saignent et que le soleil sombre à l'ouest du nouveau port. Et puis je continue à jouer dans le crépuscule, avec une arête de poisson en guise de médiator.

16

Une ferme quelque part au sud du Limpopo. Après minuit.

Jonas choisit Jabulani. Certains se plaignent à voix basse que c'est injuste, parce que Jabulani n'a pas eu à endurer cet enfer bien longtemps.

« Jabulani a été désigné parce qu'il peut courir comme un chien sauvage. Nos ancêtres étaient des guerriers et savaient lancer un javelot, mais nous avons aussi perdu cette adresse. Jabulani est celui qui a appris à l'université à lancer loin le javelot. Et, s'il survit, la police l'écoutera peut-être parce qu'il est professeur. »

Ils jettent une corde par-dessus la poutre, puis ils l'attachent autour des hanches de Jabulani. Ils le hissent jusqu'à la poutre.

Il leur fait signe de lâcher. Il enroule la corde en la calant sur son coude. Il la passe ensuite autour de son cou.

Ils lancent vers lui le long bâton à la pointe luisante.

Il l'attrape au vol. Portant le bâton comme un funambule, il avance sur la poutre, talon-pointe du pied, talon-pointe du pied.

Chaque fois qu'il titube, il entend leurs respirations se bloquer avec un sifflement. Au bout de la poutre, il soulève un volet d'aération et se hisse sur le toit. Par le volet, il entend le murmure d'espoir des hommes condamnés.

Il glisse comme une salamandre jusqu'au faîte du toit. Les étoiles ressemblent aux trous dans le fût où Jonas fait son feu. Au-dessous de lui, il voit les chiens couchés, les pattes collées aux braises d'un feu en train de s'éteindre.

Il se lève et sent le poids du bâton dans sa main. Sa cible se situe à quarante mètres de là. Si le bâton ne l'atteint pas, ils vont tous souffrir. Et le Cow-Boy Fantôme le tuera.

Il lance le bâton en direction du toit en chaume de la cabane au bord de la piscine. Un chien aboie en entendant le sifflement de ce serpent à un œil qui vole dans l'obscurité.

Très vite, une lueur commence à grandir sur le chaume. Une flamme s'élève. Puis une autre. Et le toit de la cabane prend feu.

À présent, tous les chiens aboient.

Jabulani se couche sur le toit.

Des types surgissent de la ferme, sans chaussures et poussant des jurons, les yeux écarquillés quand ils découvrent les étincelles qui montent dans le ciel.

Un paon s'envole vers les étoiles, les plumes de la queue en flammes.

Les types font sortir les Zimbabwéens de la grange à tabac et leur ordonnent de former une ligne depuis la piscine jusqu'à la ferme. Impossible de sauver la cabane. Ils veulent mouiller le chaume de la ferme avant que les étincelles ne l'atteignent.

Jabulani voit les seaux tanguer en passant de main en main. Il voit le paon en flammes piquer dans le ciel : un phénix ébrouant ses plumes dans un feu d'artifice.

Il rampe vers l'autre extrémité du toit et saute.

Il court le plus vite possible le long du sentier.

Un porc-épic coupe sa trajectoire, en faisant crisser ses piquants comme un shaman qui secoue ses ossements et ses coquillages.

Au bout de trois kilomètres environ, il débouche sur la route goudronnée. Il trouve le sud en regardant les étoiles et se remet à courir.

Perdu dans ce rythme de bushman, il entend dans sa tête les cris du paon en flammes faisant ses tonneaux dans le ciel, encore et encore.

*

Il entend le bruit d'un moteur et se tourne pour scruter les phares aveuglants. Il redoute que la voiture ne vienne de la ferme, mais ce n'est pas le ronron étouffé d'une Land-Rover. Pariant que c'est un inconnu, il lève le pouce.

Les phares font apparaître comme un Polaroïd l'image d'un crâne de bœuf au sommet d'un poteau. Il l'enregistre dans un coin de sa tête.

Une femme seule dans une Pajero. Elle baisse la vitre. La voix de Nina Simone s'échappe en même temps que la fumée d'un joint tenu entre deux doigts qui font le signe de la paix.

« Tu vas où ?

— Au Cap.

— Tu aimes Nina ?

— Hein ?

— Est-ce que tu aimes Nina Simone ?

— Je l'adore.
— Alors monte. »
Elle lui passe le joint rougeoyant.
Il tire longuement dessus.
« Il y a une glacière à tes pieds. »
Il ouvre une canette de Windhoek Lager.
Ils roulent dans le sillage des phares embrasés à travers l'univers couleur indigo. Pendant longtemps, pas un mot ne vient troubler l'euphorie de l'évasion.
L'herbe et la bière aidant, Jabulani se sent d'humeur dragueuse.
« Je croyais que les femmes blanches ne prenaient pas de Noirs en stop quand elles étaient seules.
— Oui, c'est dingue. Je mériterais d'être brutalisée. »
Elle rit, baisse la vitre et, d'une pichenette, jette le mégot du joint.
Il voit dans l'échancrure profonde de son décolleté une poitrine assez *zaftig*.
« Mais la magie de Marley, ça te fout la tête à l'envers, non ? crie-t-elle pour couvrir le gémissement du vent.
— En effet. »
Elle remonte la vitre.
« Tu es du Zim ?
— Oui.
— C'est ce que je me disais. Tu avais l'air mort de trouille. Le proverbial lapin dans les phares d'une voiture. »
Cette manière de cataloguer les Zimbabwéens le fait rire. Quelle sensation agréable. Il n'a pas ri aussi spontanément depuis que les choses ont commencé à mal tourner, il y a six mois.
La voix de Nina a le velouté et la viscosité d'un vin rouge.
« Un pote à toi ? »

Des appels de phares dans le rétroviseur. Il tourne la tête et plisse les yeux dans la lumière aveuglante. La Land-Rover de safari est tout à coup parfaitement visible. Le Cow-Boy Fantôme est à la place du passager. Ses longs cheveux blancs font l'effet de flammes dans le vent. Il prend son long fusil et met en joue la Pajero.

« Si on survit, je veux que tu me baises. Marché conclu ? »

Une balle ricoche sur le toit de la Pajero.

Instinctivement, Jabulani baisse la tête. Il a le sentiment que ce n'est pas le moment de lui dire qu'il n'a encore jamais été infidèle à Thokozile.

« Dis-moi ton nom.

— Appelle-moi Nina pour le moment. Et toi ?

— Freedom. »

Il donne toujours son nom blanc aux Blancs. Ils préfèrent vous appeler par ce genre d'appellation incisive qu'on trouve dans les westerns plutôt que par votre nom africain.

« Freedom ? Cool ! Alors toi et moi, Freedom, on va se trouver un motel, OK ? »

Dans le rétroviseur, Jabulani aperçoit le coup de feu juste avant que la lunette arrière n'implose.

« OK ?

— OK. »

Elle écrase le champignon, et la Pajero bondit en avant. Défoncée par la marijuana, excitée d'avoir distancé leurs poursuivants, elle pousse un cri en direction de la lune couleur de salamandre.

*

À l'aube, ils sont déjà bien au sud de Johannesburg, cette ville de chercheurs d'or dangereuse, dure, qu'ils ont contournée dans l'obscurité. Et maintenant la N1 trace une ligne immuable et bleue jusqu'au Cap.

Une femme seule poussant dans un chariot des cartons, une marmite posée au sommet de son turban, fait surface dans la lumière dansante au-dessus du goudron. Elle tient à la main un poulet vivant dont le bec se balance au rythme de ses pas.

Et plus loin suit un chariot fait de l'arrière d'un vieux break, sur les talons d'un âne éreinté et poussiéreux.

Et plus loin encore une vieille femme déguenillée vend des tournesols sous un parasol de plage décoloré.

Un garçon bouge les mains comme s'il nageait dans le mirage liquide. Ses mains attirent leur attention sur ses moulins à vent fabriqués avec du fil de fer, des canettes et du temps libre en pagaille.

Jabulani se souvient de son enfance passée à pêcher dans la rivière, à tuer des oiseaux et des lézards, à sucer dans ses mains le lait chaud tout droit sorti du pis, à apprendre l'art de se battre avec un bâton. Il se revoit marchant pendant des kilomètres sur une piste jusqu'à une route goudronnée où il vendait à des touristes d'Afrique du Sud des girafes sculptées dans le *mukwa*. L'argent d'Afrique du Sud lui a permis d'aller à l'école dans la petite ville au bout de la route goudronnée. Et, quand l'enveloppe beige de l'université est arrivée, son père est allé tuer ce vieux bœuf lent et paresseux. Et puis il y a eu les dents qui sifflaient et la musique du *mbira*, et les langues qui ululaient, et les ossements secoués, et la bière amère.

Nina s'arrête pour acheter un ananas à une vieille femme qui le pèle de son écorce piquante.

Ils roulent de nouveau, en suçant la pulpe jaune et en écoutant la guitare envoûtante et nasillarde de Ry Cooder.

« C'est un mystère. Les ananas ne poussent pas dans ce pays. Le seul truc jaune ici, ce sont les tournesols ou l'enseigne d'une station-service Shell. L'autre jour, j'ai entendu un ibis *hadeda* pousser son cri dans mon jardin au Cap. C'est comme si la boussole dans leur tête était bousillée. Il n'y avait pas d'*hadedas* dans le Sud autrefois. »

Elle prend le bas de sa chemise pour essuyer le jus sur son menton. De son jean à la taille très basse émergent quelques poils.

Il sent sa queue gonfler pendant qu'il contemple par la fenêtre le pays plat, désolé, où clignote sous le soleil une ossature aux tonalités d'opale, où des oiseaux solitaires courent sur les fils électriques.

Son front cogne contre la vitre au moment où la Pajero quitte le macadam.

Il baisse la vitre pour respirer.

Elle fait taire Cooder.

Pendant un instant, le monde reste violemment silencieux. Puis il entend le murmure du vent le long des fils télégraphiques. Il entend son haleine un peu rauque au creux de son oreille.

Elle glisse la main un peu collante de Jabulani dans sa culotte. Elle est humide et chaude, après la fraîcheur de l'ananas.

Il est aussi excité qu'une mangouste à présent.

Elle ouvre sa braguette et l'enveloppe de ses lèvres. Un bus fait retentir son klaxon. La Pajero tremble dans le remous qui suit le passage du bus.

Elle s'essuie les lèvres et avale un autre morceau d'ananas.

La Pajero repart à toute vitesse vers le sud.

Il sent son odeur sur ses doigts.

Elle fredonne une chanson d'Eels qui passe à la radio.

Il feuillette le roman de Coetzee déformé par le soleil qu'elle a laissé posé sur la tranche contre le tableau de bord. Cependant, les yeux de Thokozile viennent s'interposer entre lui et les mots flous sur le papier. Il revient à la couverture du livre et examine l'image d'un chien errant efflanqué sur une piste. *Je suis ce chien perdu*, se dit-il.

17

Hermanus. Midi.

Je suis devant la maison du prêtre à l'œil de verre qui va me donner la Vespa que Zero a réservée. La pancarte sur la porte me prévient de faire ATTENTION AU CHIEN. J'entends du Chopin mal joué au piano. Je lance un *hello*. Une pie-grièche s'envole de la gouttière.

Pas d'interruption au piano. Et pas de signe du chien. Une tondeuse à gazon rouillée est abandonnée dans l'herbe haute. Une vieille bicyclette noire avec un panier à l'avant est appuyée contre le mur.

Le portail grince comme les os d'un vieillard. J'avance sur le pavage un peu erratique dans l'herbe haute jusqu'à la porte d'entrée, où se découpe une grande vitre en verre dépoli. Je sonne. Le piano s'interrompt. Une ombre voûtée se profile dans ma direction.

Le prêtre dans un col élimé d'ecclésiastique et un long short colonial kaki. Je suis incapable de voir quel œil est en verre.

« Bonjour, je suis Jerusalem. Je viens pour la Vespa. Mon père vous a téléphoné du Cap.

— Ah oui, Cupido ? La Vespa est dans le garage.

— Où est le chien ?

— Au fond du jardin. Il est vieux et complètement sourd. Il adorait Chopin autrefois. Aujourd'hui, il ne fait plus la différence entre Mozart et Masekela. »

Nous partons vers l'arrière de la maison. Le prêtre a une démarche un peu fasciste, il projette ses pieds loin devant lui.

En voyant un inconnu, le chien se dresse sur ses pattes et aboie frénétiquement, l'estomac et les testicules se soulevant en cadence. Le prêtre lève la main pour faire taire son vieux labrador beige.

« Ne faites pas attention à lui. Il fait son numéro. »

Le chien nous suit jusqu'au garage en reniflant mes chevilles.

Une pie-grièche joue les pinces à linge sur la corde tendue.

Un rat court sur le bord d'une barrière en zinc au fond du jardin. La pie-grièche s'envole.

« Je déteste cet oiseau, dit le prêtre. Il attaque tous les autres. »

Dans le garage, il y a une vieille MG et la Vespa. La Vespa est rouge vif.

« Elle est superbe, n'est-ce pas ? Je la sors de temps en temps pour faire un tour, mais je ne sens plus la plante de mes pieds. C'est un mystère… et ils ne trouvent pas de remède. Le docteur m'a interdit de la conduire. »

Il passe les doigts sur le chrome du phare.

« J'avais espéré que mon fils la voudrait, mais il ne reviendra pas.

— Où est-il ?

— À Londres. Il fait de l'argent. Il pense que ce pays est entre les mains d'incapables. »

Puis, sentant que son propos pourrait sembler raciste : « Oh, je suis désolé. Ce n'est pas comme ça que je vois les choses. Mais je me fais du souci pour l'avenir. Jusqu'à présent, les Xhosas ont damé le pion aux Zoulous. Mandela et Mbeki ont été roublards. Mais je prédis que les Zoulous ne vont pas éternellement s'incliner devant les Xhosas. Historiquement, ils sont la tribu des guerriers. Et, à présent, Zuma pointe vers le ciel la lance des Zoulous.

— C'est un clown.

— Mais il sait danser la danse de guerre des Zoulous et chanter l'appel aux armes. Et il a un soutien à la base. Et puis, en Afrique, c'est une habitude que d'agir contre ses propres intérêts. Mon fils me supplie de venir le rejoindre à Londres. Il voudrait me mettre dans son grenier à Camden. Je n'aurais pas de chien, pas de jardin, pas de chemin au bord du lagon où aller me promener quand l'envie m'en prend, pas de marche le long de la plage pendant des kilomètres. Londres, ce n'est pas une vie pour moi. Tous ces visages blêmes dans le métro, serrés comme des tranches de jambon grisâtre entre les pages de journal.

— J'ai vécu à Amsterdam quand j'étais petit garçon. Je me souviens d'avoir eu les oreilles et les orteils dévorés par le froid. Je me souviens des terrains de jeux vides en hiver. Je me souviens des escaliers vertigineux, de mes chaussettes qui ne séchaient jamais.

« Et je me souviens des gens qui ne souriaient jamais en hiver. Je me souviens d'une prostituée marocaine dans un aquarium baigné de lumière rose que Zero avait payée pour qu'elle me montre ses seins énormes. J'avais tout juste onze ans. Il avait peur que je sois gay.

— C'est l'autre problème. Les escaliers. Je n'ai pas dit à mon fils que c'est déjà un effort pour moi ne serait-ce que de marcher sur un chemin plat. »

Je lui tends un rouleau de rands retenus par un élastique que Zero m'a donné pour lui. Il empoche l'argent sans même le compter.

« Si jamais vous vous sentez seul, venez boire le thé. Je vous promets de ne pas vous attirer dans mon église. »

J'enfourche la Vespa.

« C'est une bonne fille. Vous prendrez bien soin d'elle. Les routes sont dangereuses avec ces chiens qui traversent en tous sens et ces taxis complètement fous. »

Il a les yeux humides en faisant ses adieux à sa Vespa. Le chien, sentant que son maître est d'humeur mélancolique, lèche ses tibias couverts de croûtes.

18

Quelque part au sud de Bloemfontein.

La Pajero dévore le macadam de la N1 à travers le Karoo. Une région aride de moulins à vent isolés qui font briller leurs pétales de métal pour attirer les moutons jusqu'aux points d'eau alimentés par des rivières invisibles, obscures.

De temps en temps, une piste déserte étire sa poussière loin de la route.

Le macadam qui se déroule a une tonalité argentée sous le soleil. C'est peut-être pour cette raison que Nina ne voit pas le *karakul* à temps pour pouvoir l'éviter. Ou peut-être est-ce la marijuana dans son sang qui affecte ses réflexes. Quoi qu'il en soit, le pare-chocs avant de la Pajero envoie voltiger le mouton dans les airs.

Jabulani et Nina basculent la tête en même temps pour suivre le vol du mouton jusqu'à ce qu'il disparaisse au-dessus. Puis ils pivotent pour le voir atterrir sur le macadam derrière eux.

Nina tourne brusquement le volant, et la Pajero quitte le macadam en soulevant un énorme nuage de poussière. Le moteur cale.

« Merde, s'écrie Nina. Je ne l'ai absolument pas vu. »

Tout ce qu'on entend, ce sont les tonalités argentées de R.E.M. qui s'éloignent au-dessus du *veld* désolé, au-delà du mouton qui gît au loin.

Ils descendent de la voiture et marchent jusqu'au mouton. Il respire encore, de manière saccadée. Les pattes sont sagement repliées sous lui. Pas la moindre trace de sang dans sa fourrure. La seule chose qui permette de savoir qu'il vient de voler au-dessus de la Pajero, c'est son regard un peu défoncé, curieusement dépourvu de toute accusation.

Nina relève ses lunettes de soleil pour regarder fixement les yeux vitreux.

« Nous ne pouvons pas repartir comme ça. Il fait sûrement une hémorragie interne.

— Tu crois ? Il n'a pas une égratignure.

— Il souffre. Je peux le voir à ses yeux. Nous devons l'achever.

— Le tuer ?

— Pour mettre fin à ses souffrances.

— Et comment tu comptes le tuer ?

— Je n'ai jamais tué une créature de ma vie. À part des fourmis et des moustiques. Tu vas devoir le tuer.

— Moi ?

— *Ja*. Tu es du Zim.

— Et alors ?

— Tu as dû te battre pour ta liberté. Et maintenant Mugabe qui est devenu complètement barjot. Tu as l'habitude de la violence.

— Mais je suis professeur. Je suis contre la violence. »

Jabulani se dit : *En fait, j'ai tué des rats à moitié morts que le chat avait laissés saigner dans le jardin. Et j'ai tordu le cou à un oiseau ou deux qui avaient percuté le pare-brise de ma vieille Datsun. Mais ça, c'est autre chose. Regarde un peu la taille de cette tête.*

« Cet animal souffre, mec.

— Pourquoi moi ?

— Je t'en supplie. Tue-le pour moi. »

Jabulani se dit : *Sans elle, je serais mort à l'heure qu'il est.*

« OK. Je vais le faire. Pour toi. »

Jabulani se met à arpenter le bord de la route jusqu'à ce qu'il trouve une grosse pierre. Il l'apporte près du mouton. La pierre est lourde comme un médecine-ball.

Il s'avance au-dessus du mouton, les yeux rivés sur sa cible : cette partie plate et dure entre les yeux. Il se demande si le crâne est très épais et s'il va se fendre au premier coup.

Il se dit : *Il y a six mois seulement, j'étais devant une classe, un livre en main, en train d'enseigner la poésie à mes élèves. Je leur apprenais comment un vers peut se balancer en équilibre sur une virgule et comment les mots à la fin d'un vers veulent tomber. Je leur apprenais que les mots ont une mémoire, une musique et… un poids.*

Les yeux du mouton deviennent vraiment vitreux, avec une pitié pleine de sainteté pour le sort du professeur qui doit faire entrer la poésie dans la tête de ses élèves. C'est une tâche plus difficile, sans doute, que de briser un crâne avec une pierre.

Il soulève la pierre.

Nina se bouche les oreilles avec les doigts et ferme les yeux.

Au bout d'un moment, elle entrouvre les paupières pour voir si le mouton est mort.

Jabulani a toujours la pierre dans les mains. Et le mouton n'est pas mort.

« Je suis désolé. Son regard me terrifie.

— Ne sois pas une mauviette.

— Je vais te dire ce que je vais faire. Je vais rouler dessus. Comme ça, je n'aurai pas à le regarder dans les yeux quand il va mourir.

— C'est une idée de génie.

— Mais il faut que tu me guides. Je veux écraser sa tête du premier coup.

— Pigé. »

Jabulani se met au volant. Il éteint R.E.M. Un autre silence volatil.

Au-dessus d'eux, un vautour tourne paresseusement.

La Pajero démarre. Il tourne la tête pour se diriger. Nina est à quelques mètres derrière le mouton, les mains levées. Il engage la marche arrière, et les pneus chassent de la poussière jusqu'à ce qu'ils atteignent le macadam. Il peut maintenant accélérer. Il se concentre sur les mouvements des mains de Nina plutôt que sur son mouton. Il frissonne, en se préparant à la secousse du caoutchouc contre la tête, au choc sur l'essieu si sa cible n'est pas parfaitement dans l'axe.

Nina fait un bond sur le côté quand il approche. Elle crie comme une folle.

Il ne sent aucune secousse.

Et pourtant le mouton a disparu.

Jabulani se dit : *Peut-être que le pare-chocs arrière l'a envoyé promener comme l'aurait fait un chasse-pierres. Mais je l'aurais senti, non ? Un mouton, ce n'est pas que de la laine.*

Puis, il l'aperçoit à quelques mètres de là, un peu sidéré par les pitreries des hommes.

Il était donc juste un peu sonné, après tout.

Nina est pliée en deux de rire.

Jabulani est moins amusé.

*

Dans une station-service Shell, un homme en combinaison rouge fait signe à la Pajero d'approcher la pompe de diesel.

Le nom d'Othello est imprimé sur la combinaison. Jabulani se demande comment un homme peut porter un nom pareil dans un trou aussi perdu.

Jabulani profite qu'Othello vérifie les niveaux d'huile et d'eau pour aller pisser.

Il contemple le logo d'une mouche noire peint sur la porcelaine blanche quand il entend un coup de feu. Il pivote sur place et pisse sur ses All Stars. Il se couche sur le sol et regarde par l'interstice sous la porte.

Othello est à terre. Une balle dans la tête. Nina court vers le kiosque. Un autre coup de feu la fait tournoyer sur elle-même et s'effondrer comme une poupée en chiffon.

Jabulani, la gorge sèche, avale une goulée d'air.

Le Cow-Boy Fantôme s'arrête devant Nina pour recharger. Il laisse les cartouches vides tomber à terre.

Il approche du kiosque, le fusil braqué sur l'homme derrière la caisse. L'homme a les mains en l'air.

Jabulani saute sur la lunette des toilettes et se glisse dehors par la fenêtre. La fenêtre a le format d'une feuille de papier A3, et il lui faut mettre les épaules en diagonale.

Il parvient à passer, mais sa All Star gauche se prend dans le loquet de la fenêtre et reste accrochée. Il hésite un instant, espérant la récupérer, quand il entend un autre coup de feu. Il part en sautillant et se faufile entre les carcasses de voitures abandonnées et les spirales de fil de fer rouillé. Les cailloux, le verre et les boulons entaillent la plante du pied gauche. Au bout de la décharge, il saute par-dessus une barrière en zinc et dévale une pente jusqu'au lit asséché d'une rivière. Sur le sable, il peut courir librement.

Le lit de sable mène à une conduite qui passe sous la route. Il s'engagerait dans l'obscurité si ses empreintes de pas ne devaient pas le trahir. Il préfère grimper sur la route goudronnée. Il entend le grondement d'un moteur Diesel et, instinctivement, il s'accroupit. Pourtant l'engin qui fonce vers lui est tellement improbable qu'il est tenté de rire. Il se demande s'il rêve. Il se frotte les yeux, puis exécute comme un fou furieux une petite danse de guerre pour attirer l'attention du chauffeur du Kombi Volkswagen aux couleurs psychédéliques. Un motif flou représentant des fleurs peintes passe en vrombissant, puis pétarade en freinant un peu plus loin sur la route.

Jabulani se tourne et aperçoit le Cow-Boy Fantôme dans le lit de la rivière, toujours à sa poursuite. Il n'a plus de fusil, mais un Colt à la main.

Un autre coup de feu. La douleur transperce la main gauche de Jabulani.

Il court vers le Kombi. Il entend le Kombi démarrer et caler quelques mètres après. Ce salaud a changé d'avis. Puis la porte du Kombi s'ouvre sur sa glissière. Il court le long du Kombi qui a redémarré. Il a l'impression de jouer dans un film de cow-boy. La main libre du type à l'intérieur s'agite pour l'inviter à monter. Un autre coup de feu fait éclater le rétroviseur latéral. Jabulani plonge à l'intérieur.

Le type met la gomme.

Jabulani sort la tête pour voir le Cow-Boy Fantôme s'arrêter au bord de la route goudronnée. Il referme la porte.

« Merde, siffle le type au volant. Qu'est-ce que tu as fait pour le rendre dingue comme ça ?

— Il chasse les Zimbos.

— Tu es zimbabwéen ?

— Oui.

— Le Zim est foutu, frangin. »

En regardant ce paysage désolé, écrasé de soleil, Jabulani, éreinté, se dit : *Et l'Afrique du Sud, ce n'est pas une partie de plaisir non plus pour le moment.*

Il tient la main en l'air pour interrompre l'hémorragie. Le sang continue cependant de couler le long de son bras. Il se demande : *Pourquoi tout ce qui est à gauche est maudit ? La All Star gauche perdue. La main gauche blessée.*

Le type au volant détache un bandana de son front.

« Moi, c'est Jake. Bande-toi la main avec ça jusqu'à ce qu'on arrive à un hôpital.

— Freedom, dit Jabulani.

— Hein ?

— Je m'appelle Freedom. Jabulani Freedom Moyo.

— Freedom ? Génial ! »

Jabulani enroule le chiffon autour de sa main et le serre avec les dents.

« C'est un sacré enculé, le mec qui t'a fait ça.

— Je viens de le voir tuer de sang-froid un homme et une femme.

— Où ça ?

— Dans la station-service Shell, un peu avant sur la route.

— Ouah ! J'ai failli m'y arrêter. Je suis un peu sur la réserve. »

Jake tapote la jauge à essence.

« Mais je me suis dit que j'allais tenter le coup jusqu'à la prochaine ville. En passant, j'ai aperçu une Land-Rover peinte comme un zèbre.

— C'est la sienne. »

Jake écrase le champignon.

Dans leur nuage de fumée, une buse se laisse tomber d'un fil électrique pour aller déchiqueter la carcasse aplatie et pourrissante d'un chacal malchanceux.

19

Hermanus. Nuit.

Après une pluie brève et intense, je roule à Vespa sur la route de Maanskynbaai, le long du lagon d'Hermanus. La lune projette des éclats d'écailles de poisson sur le macadam brillant de pluie. Pour ne pas glisser, j'évite les traces laissées par les pneus. J'imagine Lotte assise derrière moi, les mains posées sur mes hanches.

Devant Vogelgat, je dépasse un camion de bière.

Derrière le bruit de moteur de la Vespa et le chuintement des pneus, je crois entendre le chant flûté, pépiant, d'un martin-pêcheur. Je tourne les yeux vers le lagon.

Et puis un garçon surgit juste devant moi, ébloui par mon phare.

Je fais une embardée, mais je le heurte avec le repose-pieds et l'envoie valser dans le fossé en bord de route.

La Vespa fait un tête-à-queue, et je tombe, dérapant dans la fine couche de pluie sur le macadam. Je m'écorche la paume de la main sur le goudron.

La Vespa fait un bruit de scie emballée. Le phare clignote.

Le camion de bière klaxonne en passant.

Je boite jusqu'au fossé, mais il n'y a plus personne. Aucune trace de lui. Je me demande si je l'ai rêvé.

Le moteur de la Vespa cale. Des poteaux télégraphiques penchés égratignent le ciel, crissant comme une craie sur un tableau noir. Je tombe à genoux et vomis dans la poussière.

Je relève la Vespa et je braque le phare sur le fossé. Je vois des petites taches de sang vermillon sur la route. Il a dû partir du côté du lagon. Je pousse la Vespa pour éclairer la clôture métallique. Je vois un trou dans la clôture et, au-delà, le faisceau du phare dessine une ligne blanche en zigzag. Je me demande si c'est une antilope ou un chacal qui a tracé ce sentier clandestin.

J'éteins le phare et j'abandonne la Vespa.

Je me faufile dans le trou et je suis le sentier sablonneux sous le clair de lune en direction d'un groupe d'eucalyptus misérables. Ils me font penser à une colonie de réfugiés en guenilles. Leur écorce pèle et révèle des morceaux de chair pâle. À travers les arbres, j'aperçois des reflets de la lune dansant à la surface du lagon.

J'avance au milieu des eucalyptus fantomatiques et je me frotte les yeux en découvrant un tableau surréaliste : un autobus à impériale londonien abandonné, couvert de graffitis, sur des pneus dégonflés et craquelés. La lune dessine des toiles d'araignées dans des vitres lapidées et trompe une cigale qui se met à chanter comme en plein jour. Un bus londonien dans le *bundu*, une cigale faisant la sérénade à la lune. Le monde est complètement détraqué.

Je monte sur le marchepied (m'attendant presque à tomber sur un Indien qui va me demander une livre pour un billet jusqu'à Blackhorse Road). Le bus a été vidé de son contenu et divisé en différentes zones grâce à des cloisons de carton et de toile. Je suis un peu terrifié par la foule de trucs un peu vaudous suspendus au rail du plafond qui a survécu : des poupées auxquelles il manque un membre, des grigris en plumes de pintade qui tourbillonnent, un phénix découpé dans une canette de Fanta, des tongs dépareillées, des coquilles de *perlemoen* enfilées sur des ficelles, du bois de flottage, une théière en émail, une mâchoire de poisson.

Un garçon se détache de l'ombre avec autant de fluidité qu'un caméléon passe d'une couleur à une autre. Puis un autre. Un autre encore. Et un autre. Jusqu'à ce qu'une demi-douzaine de garçons en shorts déchirés et T-shirts sales me dévisagent.

« Vous avez vu un garçon qui a été blessé ? Je l'ai renversé sur la route. Il doit saigner. »

Les yeux écarquillés ne clignent pas, pleins de méfiance. J'ai l'impression qu'ils ont tous été escroqués et brutalisés.

« Je ne suis pas de la police. Je ne dirai rien pour le bus. »

Un des garçons, qui porte une casquette Kangol noire, m'indique d'un simple mouvement des yeux le fond du bus.

Le garçon est recroquevillé dans un coin. Il a du sang sur la tête. Son short est déchiré et couvert de boue. Ses tibias sont écorchés.

« Je suis désolé. Je ne regardais pas la route devant moi. »

Il se contente de me dévisager.

« Est-ce que je peux t'emmener à l'hôpital ?

— Pas de docteur. Je n'ai pas de passeport.

— Viens chez moi alors. Je te soignerai.

— Oublie-moi, maître. La douleur va passer.

— Je ne suis pas ton maître. Et je ne peux pas t'oublier. Tu es d'où ?

— Je suis de Tanzanie.

— Comment es-tu arrivé ici ?

— J'ai marché. »

*

De retour à mon appartement, je verse de l'eau bouillante dans une bassine et j'y mets une dose de Dettol. Je nettoie le sable de ses plaies à vif avec un chiffon. Il tressaille, mais il ne pleure pas. Je tamponne du Mercurochrome sur ses tibias et j'attache un bandana sur sa tête. Son front est frais sous ma main.

Il observe les silhouettes bizarres que j'ai dessinées sur le mur, mais il ne donne pas son avis.

« Comment t'appelles-tu ?

— Buyu.

— Je m'appelle Jerusalem.

— On chantait une chanson qui s'appelait *Jérusalem* à l'école de la mission en Tanzanie. Est-ce que c'est un nom pour un homme ?

— Pour moi oui. »

Je ris et je grimace au moment où le Mercurochrome brûle mes paumes écorchées et ma hanche éraflée.

« Comment est-ce que tu survis à Hermanus ?

— Je trouve des balles de golf dans l'eau. Comme un flamant, je fouille la boue avec mes orteils. Si j'ai de la chance, je peux en trouver six ou sept par jour. Il y a des garçons, ils ont peur de l'eau. Des serpents et des *leguaans* qui se cachent sous les nénuphars. Moi, j'ai peur des crocodiles seulement, et ici il n'y a pas de crocodiles. Les caddies, ils me donnent un rand par balle si elle n'est pas abîmée. Ils les revendent le double aux gros Blancs. Si je les vends directement aux Blancs et que les caddies m'attrapent, ils me foutent une raclée.

— Bon, à partir de demain tu n'auras plus à trouver de balles de golf pour les gros Blancs. J'ai un boulot pour toi. Tu vas m'aider au marché où je vends des animaux en fil de fer. Je te donnerai un tiers de ce que je gagne. Et nous allons te trouver un short et un ou deux T-shirts. Pour l'instant, celui-ci fera l'affaire. »

Je tends à Buyu un T-shirt délavé avec un motif de fleur de lotus.

« Alors comment se fait-il que tu sois parti de Tanzanie ? »

Buyu me jette un regard méfiant.

« C'est une longue histoire.

— Raconte-moi. S'il te plaît.

— Demain ?

— Demain. »

20

Un hôpital quelque part au sud de Bloemfontein.

Dehors : un *dorp* de bord de route du Karoo. Une de ces fausses petites villes éloignées de tout qui ponctuent la N1.

Dedans : des murs blancs. Un sol en linoléum gris. Un crucifix de travers. Une bible aux pages cornées. Une salamandre solitaire. Pas de fleurs.

La douleur arrache Jabulani aux vapeurs de la morphine.

Sa main est entourée de plusieurs couches de gaze blanche. Un coquelicot rouge se déploie à la surface.

Devant la fenêtre de l'hôpital, Jabulani voit clignoter des fleurs de jacaranda. Le sillage d'un jet traverse le ciel bleu. Des martinets recousent la douleur du monde avec un catgut invisible.

Un policier blanc échange quelques mots avec le jeune policier noir qui est devant la porte. Il entre d'un pas traînant dans la pièce et referme la porte derrière lui. Son uniforme gris un peu passé est la seule touche de couleur dans la pièce, exception faite de la tache de sang sur la main de Jabulani. C'est comme s'il venait d'entrer dans un film en noir et blanc.

Le nom inscrit sur son uniforme : DE LA REY.

Jabulani se souvient vaguement d'avoir appris que De la Rey était un héros des Boers dans la guerre de libération contre les Anglais.

« Le docteur me dit qu'une balle vous a enlevé un bout de la main gauche. On joue aux cow-boys et aux Indiens, hein ? »

De la Rey imite un petit garçon en train de tirer des coups de feu : *bang, bang.*

« Seulement un os cassé. Il s'en est bien tiré, pas vrai ? »

Les pitreries du policier font à peine sourire Jabulani.

« Ce V de peau entre le pouce et l'index a disparu… là où vous léchez le sel avant une gorgée de tequila.

— Ça va me laisser une cicatrice.

— Je vais vous dire une chose, mon gars : il y a toujours un prix à payer. »

De la Rey relève sa chemise pour montrer une vilaine cicatrice sur la peau parcheminée de son ventre de buveur de bière.

« C'était un couteau de chasse. »

Sentant qu'il s'écarte un peu de sa mission, De la Rey laisse sa chemise retomber. Il sort un carnet de sa poche et prend un crayon calé sur son oreille.

« Alors, dites-moi un peu. Vous avez été blessé par quel genre d'arme ?

— Un revolver.

— Et le type qui a tiré ?

— Il a de longs cheveux blancs et une peau d'albinos. On l'appelle le Cow-Boy Fantôme.

— Vous venez d'où ?
— D'Afrique.
— Vous êtes un petit malin, hein ?
— Je viens du Zimbabwe.
— Votre nom ?
— Jabulani Freedom Moyo. »

Il écrit le nom de Jabulani de sa main carrée, un peu laborieuse.

« Profession ?
— Professeur.
— Professeur, hein ?
— D'anglais.
— Où se trouve votre passeport ?
— Ils me l'ont pris.
— Qui ça ?
— Le Cow-Boy Fantôme et les types de la marijuana. »

De la Rey rit.

« Nous sommes en Afrique du Sud. Pas en Colombie.
— Ce Cow-Boy Fantôme est bien réel. Il a abattu d'un coup de fusil une femme superbe qui m'avait pris en stop dans sa Pajero.
— Superbe ?
— Elle l'était. Il l'a abattue dans une station-service Shell sur la route. Il a aussi tué un pompiste qui s'appelait Othello.
— Othello ?
— Et maintenant il est à mes trousses. »

Une fois encore, le policier rit.

« J'ai l'impression que vous avez un peu fumé de cette marijuana. »

Mais, cette fois, il note quelques mots sur son carnet.

Tentant de légitimer la confiance que Jonas a placée en lui, Jabulani raconte toute l'histoire, en terminant par la tuerie de la station-service.

« Vous êtes un fan de Tarantino ?

— Si vous vérifiez, vous verrez qu'elle et le pompiste ont été abattus. Et peut-être le type dans le kiosque.

— Peut-être ?

— J'ai seulement entendu le coup de feu. Je ne l'ai pas vu à terre.

— J'ai appris à la radio qu'il y avait eu une fusillade. Je vais vérifier. La fille de la Pajero, vous savez quelque chose sur elle ? »

Sur Nina-pour-le-moment ? Que c'était une fille dingue et follement vivante. Qu'elle adorait Nina Simone. Qu'elle fumait de l'herbe. Qu'elle m'a pris dans sa bouche et m'a envoyé au septième ciel.

« Seulement qu'elle était du Cap. Qu'est-ce qui va m'arriver ?

— Peut-être qu'ils vont vous expulser. Peut-être qu'ils vont vous mettre en prison. Peut-être qu'ils vont vous convoquer en tant que témoin de la fusillade. Peut-être que vous aurez encore de la chance et qu'ils vous accorderont l'asile politique… mais c'est pas gagné. »

Au même instant, un merle donne un coup de bec à son reflet dans la vitre. Devant la drôlerie de ce duel futile, les deux hommes se sourient. De nouveau, le policier a l'impression de se montrer un peu trop amical avec cet étranger. Son sourire s'efface brusquement.

« Alors, dites-moi. Pourquoi est-ce que vous êtes dans ce pays ?

— J'ai perdu mon emploi. Les temps sont durs sous Mugabe.

— *Ja.* C'est dommage. C'était un paradis. Je suis allé pêcher à Kariba, un jour. Et j'ai vu les chutes Victoria. La chose la plus étonnante que j'aie jamais vue. *La fumée qui tonne*, comme disent les gens là-bas, hein ? Mais vous pouvez imaginer ce qu'a ressenti Livingstone ? Être le premier homme à les découvrir.

— Elles avaient été déjà découvertes.

— Toujours est-il que votre pays est dans la merde à présent. Et vous ne pouvez certainement pas blâmer Livingstone. Écoutez, je suis vraiment désolé pour vous, mon gars… mais vous ne pouvez pas sauter comme ça par-dessus les frontières. »

Il agite la main en l'air, comme s'il traçait la frontière avec son crayon.

« J'ai été à votre place autrefois. J'étais allé à Londres à l'époque où l'Afrique du Sud était encore la pire saloperie aux yeux du monde entier. J'avais un visa de touriste et je n'avais pas le droit de chercher du travail. J'allais de pub en pub… mais j'étais refusé partout. Je peux vous le dire, la ligne de démarcation qui me séparait des clochards dans le métro était devenue aussi ténue qu'un fil de pêche. »

Le policier range son carnet et son crayon dans sa poche, renonce à essayer de rester concentré.

« Je vivais avec d'autres types d'Afrique du Sud, vous comprenez, j'avais un toit au-dessus de ma tête et je n'ai jamais eu faim. Mais être constamment rabaissé, jour après jour, c'est dévastateur pour votre ego, hein ? À la fin, j'ai pris l'avion pour rentrer en Afrique du Sud. Je n'ai jamais dit aux gens d'ici que je n'avais pas trouvé de travail à l'étranger. Je n'ai jamais raconté comment Londres m'avait cogné jusqu'à ce que je craque.

Je dis à ma femme et à mes fils que c'était à cause des manières froides et bizarres des Anglais. Je vais donc rester dans cette ville jusqu'à ma mort. Ici je suis un héros. Je sors mon flingue chaque fois que quelqu'un attaque le 7-Eleven. Je l'abats s'il le faut. C'est ce que j'ai fait avec ce salaud qui m'a donné ce coup de couteau.

— J'ai peur de ce qui m'attend.

— Mais vous avez quelque chose que je n'ai jamais eu.

— Ah bon ?

— *Ja.* Vous lisez des livres. Vous avez fait des études.

— Vous ne lisez jamais ?

— Jamais de livres sérieux. Seulement des histoires de crimes. En ce moment, je lis un roman gore. Et je m'aperçois que je suis du côté de l'assassin dans un pays où la justice est une plaisanterie. Il s'en prend à des types qui pensent que baiser une vierge va vous guérir du Virus. C'est mon héros, ce type.

— Vous n'êtes pas un policier comme les autres. »

De la Rey rit encore.

« J'ai un de mes hommes en faction devant votre porte. Son boulot consiste à vous empêcher de vous enfuir le temps que je vérifie votre histoire. Et à tenir à distance les *cow-boys fantômes.* »

Une fois de plus, il forme un pistolet imaginaire avec ses doigts et fait *bang, bang.*

« Si je vois que votre histoire de station Shell s'est passée comme vous l'avez dit, je jetterai un coup d'œil à cette connerie de plantation de marijuana. Bon, dans tous les cas, il va sans doute falloir que je vous passe les menottes. Vous pigez ? »

Il s'approche de la fenêtre.

« J'imagine qu'un homme pourrait survivre en tombant de cette fenêtre. Avec un peu de chance. »

Jabulani n'a pas trop de mal à comprendre à quoi il veut en venir.

21

Hermanus.

L'histoire de Buyu.

« Mon père, il était pêcheur.

— Lac Victoria ?

— Oui. Lui et son père avant lui.

— Mes ancêtres étaient pêcheurs eux aussi. Ils pêchaient le *snoek* dans l'Atlantique. »

Ces racines en commun font sourire Buyu.

« Mon père, il pêchait le *tilapia* dans son *dhow*. Un jour, le Blanc est venu et il a jeté un seau de poissons de rivière dans le lac, et le poisson de rivière a tué tous les poissons du lac.

— Poisson de rivière ?

— On l'appelle la perche du Nil.

— J'ai entendu dire qu'une perche pouvait atteindre la taille d'un homme.

— Plus grande encore. Alors maintenant mon père il ne prend plus assez de poissons pour que ma mère les vende au marché. Des étrangers sont venus pour attraper le poisson de rivière géant avec des chalutiers. Si un pêcheur de *tilapia* essaie de prendre un poisson de rivière, les types des chalutiers lui tirent dessus. Le *dhow* de mon père ne quittait plus la plage. Quand il fallait gagner de l'argent pour payer mon uniforme d'école et mes livres de classe, il plongeait dans le lac pour rabattre le poisson de rivière dans les filets des chalutiers. En échange, les types des chalutiers lui donnaient quelques pennies. Avec si peu, on ne pouvait même pas acheter une bouteille de lait ou un sac de *sadza*, encore moins des livres. Pourtant, il espérait encore survivre comme ça… jusqu'à ce qu'un crocodile lui arrache le pied.

— Non ! »

Zero a donc eu de la chance de ne perdre que la moitié d'un mollet avec un requin.

« On n'avait plus d'argent. Ma mère, elle est allée dans les poissonneries où ils vident les perches avant de les envoyer à l'étranger. Elle a supplié qu'on lui donne un travail, mais ils ont dit qu'il n'y en avait pas pour elle. Comme un chien errant, elle escaladait pieds nus les pyramides puantes d'entrailles de poissons pour trouver des arêtes. »

Il fait un geste de la main et cligne les yeux rapidement.

« Un jour, les types de la poissonnerie sont venus à notre hutte avec un pick-up. Ils ont attrapé ma mère qui hurlait. Ils ont tiré des coups de feu en l'air. Mon père, il a sautillé sur son pied restant en agitant son bâton dans leur direction. Un des types a tiré dans le sable devant le pied de mon père qui s'est mis à danser comme un fou. Les types de la poissonnerie, ils riaient comme des hyènes.

— C'est dégueulasse.

— Quand ils sont partis, mon père est tombé par terre et a frotté du sable sur son front.

— Ton père ne pouvait rien faire ?

— Il est allé à la police. Ils lui ont dit qu'ils le mettraient en prison s'il faisait des ennuis. Il est allé à la poissonnerie, et les gardes l'ont frappé à coups de bâton. Après ça, il s'est assis dans le sable près de son *dhow* et il a regardé le lac. Le ciel pouvait être rempli de flamants roses, un voisin pouvait poser un bol de bière amère près de lui, des petites filles pouvaient sauter à la corde après avoir attaché une extrémité au mât de son *dhow*, il continuait à regarder droit devant lui. Tous mes espoirs pour lui ont fini en lambeaux, comme la voile de son *dhow*. »

J'imagine une voile usée claquant sur une bôme agitée par le vent.

« Et ta mère ?

— Au bout de six mois, les types de la poissonnerie, ils l'ont renvoyée. Elle avait perdu tous ses cheveux, et sa robe flottait sur elle. Mon père, il ne la laissait même plus rentrer dans sa hutte. Il disait qu'il n'était plus un homme et qu'il n'avait donc plus de femme. Elle campait sur le *dhow* dans le sable. Je me couchais près d'elle. Elle me suppliait de partir pour le Sud. En Afrique du Sud, elle disait qu'il y avait de l'or sous le sable. Et des diamants. Et, quand le vent souffle, les oranges et les avocats tombent et pourrissent au soleil. En Afrique du Sud, les mers sont remplies de poissons. Ils donnent les têtes et les entrailles de poisson aux oiseaux. En Afrique du Sud, les Blancs jettent les pattes de poulet. En Afrique du Sud, les hommes ne tirent pas des coups de feu en l'air et n'enlèvent pas les filles qui leur plaisent. La loi l'interdit. Et, si tu as cette chose que j'ai attrapée, elle disait, ils te donnent des médicaments pour que tu survives et voies ton fils terminer l'école. Alors je lui ai dit que j'irais au pays de l'or et des oranges, et que je trouverais des médicaments pour elle.

— Comment tu as survécu en marchant si longtemps ?

— Je me suis caché dans des trous, dans des crevasses et dans des cabanes abandonnées. J'ai mangé des insectes, des vers et des rats. Tout ce que je pouvais attraper. En Zambie, une fois, un chien errant m'a suivi pendant deux jours. Finalement, j'ai ramassé un caillou et je l'ai mis dans mon sac. J'ai grimpé dans un arbre et j'ai attendu. À la fin, le chien, il était trop curieux et il est venu renifler et me regarder. J'ai lâché le caillou. Le chien est tombé par terre. Je suis descendu et je l'ai frappé sur la tête avec ce caillou jusqu'à ce que ses pattes ne bougent plus. J'avais faim et je voulais le découper en morceaux, mais j'avais peur du mal à l'intérieur de lui. Et, au Zimbabwe, à la frontière, des types fous qui s'appellent *gumagumas* m'ont poursuivi. Je me suis caché dans un trou de phacochère vide et j'ai prié Jésus, parce que lui aussi est sorti du trou dans lequel on l'avait mis. »

22

Un hôpital quelque part au sud de Bloemfontein.

L'infirmière avait posé un plateau sur les genoux de Jabulani. Sous la tasse de thé, il trouve un ruban de papier arraché à la marge d'une page de papier journal.

Hé, mon pote. J'ai supplié l'infirmière de te faire passer ça. Je suis au motel quand tu sors de la ville. Chambre 9. Kombi garé à l'arrière. Si tu veux faire un tour avec moi, retrouve-moi au coucher du soleil. Jake.

Jabulani bondit hors du lit, laisse tomber sa blouse de patient. Il enfile son jean et sa chemise. Il s'empare des sabots en plastique vert d'hôpital.

Par la fenêtre, il laisse tomber les sabots deux étages plus bas. Ils rebondissent sur le macadam du parking et se retrouvent pointe contre pointe. Jabulani l'interprète comme un signe de bon augure. Il enjambe le rebord de la fenêtre. Il s'accroche au cadre métallique de sa main valide jusqu'à ce qu'il entende un coup de feu venant de l'hôpital. Il tombe.

Une douleur horrible lui traverse les tibias, et il roule sur le goudron comme cette femme découpée à la machette et jetée du pick-up par les gorilles de Mugabe. Le sang se répand à travers le bandage qui lui entoure la main.

Il entend un autre coup de feu. Le policier noir à la porte a dû y passer.

Jabulani ramasse les sabots et fonce, pieds nus, à travers le parking. Arrivé à l'autre bout, il se cache derrière un taxi garé, aspire de grandes goulées d'air pour reprendre son souffle, enfile ses sabots pendant qu'il observe l'hôpital à travers les vitres teintées du taxi. Bizarrement, le chauffeur du taxi somnole au volant pendant que Lucky Dube hurle à la radio. Jabulani aperçoit le Cow-Boy Fantôme à la fenêtre de sa chambre, examinant de son œil de faucon l'ensemble du parking.

Le canon d'un fusil apparaît soudain sous l'œil du Cow-Boy Fantôme, et une balle ricoche sur le toit du taxi.

Le chauffeur s'en éjecte comme une grosse graine surgissant d'une cosse et, en s'aplatissant autant que le permet sa bedaine de buveur de bière, il se met à invoquer Dieu : *Tixo ! Tixo !*

Le spectacle est tellement comique que Jabulani ne peut s'empêcher de rire.

Le coup de feu suivant fait voler une vitre en éclats.

Une alarme se joint à Lucky Dube en un duo discordant. Le Cow-Boy Fantôme disparaît de la fenêtre.

Jabulani danse sur les diamants de verre avec ses sabots d'hôpital. Un éclat de verre perce le caoutchouc et s'enfonce dans la plante du pied. Son pied gauche maudit le met une fois encore au supplice. Il titube sur l'autre pied pendant qu'il retire le morceau de verre.

Il s'éloigne du parking en sautillant sur la route, passe devant un hôtel où une silhouette grise étudie une mouche en train de se noyer dans son verre de bière, évite un vieux grand-père qui crache du sang dans son mouchoir, saute par-dessus le carton d'un marchand de légumes enturbanné de rose qui vend des avocats, contourne un chien qui tente de lui mordre les talons et esquive une vieille femme qui brandit sa canne contre lui en criant : « *Bliksem* ! Voyou ! Arrêtez-le ! »

Il court maintenant à toute vitesse, électrisé par un mélange de douleur et de peur. Il heurte un chariot et envoie valser des oranges sur la route. Il dépasse un prêtre noir vêtu de noir à bicyclette, qui soulève son chapeau à son passage comme s'il s'agissait d'une rencontre parfaitement anodine : un homme boitant, lancé à toute vitesse, jetant derrière lui des regards de possédé.

Arrivé au motel, il frappe à la porte de la chambre n° 9. Une femme de chambre jette un coup d'œil vers lui.

Il est essoufflé, incapable de prononcer un mot.

Elle s'empare de son balai au cas où il l'attaquerait.

Jake ouvre la porte. Une fausse peau de tigre sur le mur et un film porno à la télévision. Une fille sur un cheval blanc, à cru et à poil. Sur une plage. Les seins qui dansent au rythme d'une musique à la *Bonanza* et des cheveux roux qui ruissellent sur ses épaules.

Jake tend à Jabulani un demi-gobelet de whisky bon marché.

Jabulani verse une dose de whisky sur son pied en sang. La sensation de brûlure est intense. Puis il boit un coup pour apaiser la douleur lancinante de sa main et calmer le vertige dans son crâne.

« Ce Cow-Boy me court après de nouveau.

— On y va, Freedom, mon pote. »

Ils ne prennent même pas congé de la cavalière à poil.

Devant la porte, la femme de chambre soulève de nouveau son balai. Ils se faufilent dans l'espace qui conduit à l'arrière où le Kombi flirte avec une Dodge rouillée, foutue, posée sur des briques. Jabulani et Jake sursautent quand un chat bondit hors de la Dodge.

« Tu prends la Dodge », plaisante Jake.

Jabulani est épaté par le calme de Jake. Mais c'est vrai qu'il n'a pas vu ce Zimbabwéen abattu de sang-froid. Ni Nina s'effondrer comme une poupée de chiffon.

23

Marché d'Hermanus.

Buyu est tout à fait dans le coup avec son short à carreaux Oakley et son T-shirt Quicksilver.

Je lui montre comment suspendre les hippocampes et les baleines, et comment disposer les animaux (les salamandres à l'avant et les girafes à l'arrière). Je les mets en rang : qui se ressemble s'assemble.

Il les pose n'importe comment et ruine tout effet d'échelle.

Je lui apprends le prix de chaque pièce et de quelle marge il dispose pour marchander.

Il me dit que, si je reste assis à espérer que les gens s'approchent de mon stand, je resterai pauvre jusqu'à la fin de mes jours. Il s'éloigne avec un pingouin dans une main et une salamandre dans l'autre.

Le vent est chargé d'une forte odeur d'air marin. Des pigeons aux pattes roses roucoulent en se déplaçant sur le toit en zinc du Fisherman's Cottage.

Le même soleil implacable flétrit les bâches et les parasols jetés sur les stands et détache des lambeaux de peinture des murs couleur d'ossement. Et le même marchand de fruits lance sa litanie immuablement stridente.

Le mec aux dreadlocks se balance mollement comme une go-go girl blasée en jonglant avec ses bâtons du diable.

Et Hunter siffle faux pendant qu'elle astique ses œils-de-tigre, ses pierres de lune, ses ambres et ses fossiles, avec ce regard sidéré qu'elle a toujours.

Au-delà de son stand, le type du Sénégal marchande avec un touriste qui se penche au-dessus de lui pendant qu'il peint ses personnages de soixante centimètres de haut.

J'aime cette poésie brute, incohérente, du marché. Chaque stand est une strophe : une composition existant indépendamment de celles qui l'entourent et qui pourtant les recoupe et les complète. Je me demande comment j'ai fait pour passer des années dans le temps déformé, l'espace confiné et feutré d'une bibliothèque, alors que la vie, tout du long…

Un pépiement de Hunter interrompt cette pensée. Je reprends mes esprits et vois arriver devant mon stand le prêtre à l'œil de verre.

Je redoute qu'il s'étonne de me voir plein d'égratignures et découvre que j'ai déjà cabossé sa Vespa.

Mais il se contente de manipuler maladroitement une salamandre, avec un air un peu absent.

« Mon chien a disparu. Il lui est arrivé quelque chose. »

Hunter abandonne son astiquage de pierres pour prêter l'oreille.

« Il se balade sur la route, mais il ne s'éloigne jamais très longtemps. S'il avait été écrasé, je l'aurais retrouvé. C'est un mystère.

— Peut-être qu'il a flairé une chienne et perdu la tête », susurre Hunter.

Le prêtre étouffe un petit rire.

« Il a soixante-dix-sept ans, en années de chien. Pour lui comme pour son maître, le temps de faire la cour aux filles est passé depuis bien longtemps. »

Hunter soupire. Elle se déplace vers nous et lui tend un quartz.

« Vous avez déjà vu une volute de fumée à jamais capturée dans une eau figée ? »

Il examine le quartz comme s'il y cherchait la preuve de l'existence de Dieu.

« Vous allez peut-être croire que je suis fou… mais ils ont dû s'imaginer que c'était un chien errant. Et je pense que quelqu'un chasse les chiens de rue dans cette ville. »

J'ai envie de rire, mais je vois bien qu'il ne plaisante pas.

« Ils avaient l'habitude de mendier pour des entrailles de poisson au nouveau port… mais à présent on ne les voit pratiquement plus. »

Je me rends compte que je n'ai pas vu le marché des chiens abandonnés depuis l'après-midi où Zero m'a déposé.

« Ils l'ont enlevé. C'est ma théorie. »

Pour essayer d'être un peu léger, je dis sur le ton de la plaisanterie :

« Pourquoi feraient-ils une chose pareille ? Nous ne sommes pas au Vietnam. Ni en Chine. »

Mais Hunter sabote ma tentative de légèreté :

« Peut-être qu'ils leur injectent de l'héroïne dans les *townships* pour voir si elle est assez pure avant de se piquer. »

Le prêtre vacille comme s'il était sur le point de tomber à la renverse.

« Ou bien ce Chinois Foo Buck Koon les transforme en plats à emporter bien assaisonnés de sauce au soja ? »

Devant tant de désinvolture, je lui jette un regard furieux. Mais le prêtre l'a à peine entendue.

« Il paraît que les chiens d'attaque sont très demandés à Johannesburg, dit-il d'une voix tremblante. Il est très courageux. Je l'ai vu tuer un porc-épic. »

Je n'ose pas lui dire que son chien sourd et fatigué ne ferait pas du tout l'affaire comme chien de garde.

« Peut-être que les sorciers le veulent pour leur *muti* de vaudou », ajoute Hunter.

Mon Dieu jaillit de la bouche du prêtre comme s'il avait craché un poisson.

Hunter continue sur sa lancée :

« Ils transforment leurs os en une sorte de charbon. Ou bien ce sont des scientifiques qui l'ont attrapé. Ils ne se contentent pas d'envoyer les chiens dans l'espace, ils s'en servent de cobayes pour trouver des remèdes contre la malaria et la fièvre jaune. »

Le prêtre répète *Mon Dieu*.

Au lieu de le calmer, Hunter lâche son énigmatique mantra :

« Les choses peuvent devenir dangereuses. »

Je me tourne vers le prêtre.

« Hé, je ferai attention. »

Au même instant, le clochard du port se dirige vers son figuier, gobelet en main. Il se laisse glisser le long du tronc. Moonfleet se couche à ses pieds.

Le prêtre regarde le chien avec un air morose.

« Il y a des chiens partout dans ce pays. Pourquoi avoir pris le mien ? »

Des larmes coulent sur ses joues puis éclatent sur les poils de sa barbe naissante. Il s'essuie les yeux avec la paume de sa main.

« Nous allons vous faire une bonne tasse de thé », roucoule Hunter.

Elle verse l'eau bouillante d'une Thermos dans une tasse et y jette un sachet usagé.

« Il aimait courir après les mouettes sur la plage. Il se jetait dans les vagues pour attraper une balle de tennis. Il était brave. Maintenant je n'ai plus personne à qui jouer du piano. »

Un vieux prêtre borgne jouant du piano pour un chien sourd. Une femme murmurant à l'oreille de nains de jardin muets. Une autre regrettant sa beauté fanée auprès de pierres mortes. L'appel d'un muezzin tombant dans les oreilles de sourds. Des hommes en train de se balancer, priant un dieu qui a fermé les yeux la dernière fois.

Hunter met une cuillerée de miel Peel dans son thé, le remue et le lui tend. Quand il passe un doigt dans l'anse de la tasse, elle fait glisser les siens sur sa main.

C'est à ce moment-là que Buyu revient en courant, agitant une poignée de billets sous mon nez.

« Tu vois !

— Je vois.

— J'ai eu le double de ce que tu voulais. Le *double* !

— Mais c'est immoral. »

Buyu rit de ses dents vraiment blanches.

« Ils avaient le sourire en partant. »

Je dis au prêtre que c'est Buyu qui est venu à pied de Tanzanie.

« Je vois que vous avez été à la guerre, tous les deux. »

Pour changer de sujet, je lance :

« Buyu et moi, nous allons tirer au clair ce qui est arrivé à votre chien. Hein, Buyu ? »

Buyu m'adresse un faux salut militaire.

« C'est très gentil à vous. Au revoir, Jerusalem. Au revoir, Buyu. Et merci pour le thé, madame.

— Appelez-moi Lily, dit Hunter.

— Lily. Quel beau nom », dit-il en partant.

L'air absent, Lily se met à faire briller la tasse de thé avec son chiffon.

« Comment on fait pour retrouver un chien, Buyu ? »

Il fronce les sourcils comme s'il calculait le résultat d'une opération compliquée. Et puis, un éclair dans ses yeux :

« Il faut aller voir les garçons !

— Hein ?

— Les garçons du bus ! Ils connaissent chaque ruelle, chaque cour de cuisine, chaque poubelle sans couvercle. Ils ont appris à penser comme des chiens.

— Cool.

— On va leur apporter du Kentucky, hein ? »

La corne en algue du type qui surveille les baleines retentit.

« Le monde est complètement détraqué, dit Hunter. Avant, les baleines partaient vers le sud en direction de l'Antarctique à la fin du mois de septembre. Quelques mères qui allaitaient restaient jusqu'à Noël. Et maintenant voilà que les chiens disparaissent.

— Tu penses qu'il y a un complot ?

— Il y a quelque chose de bizarre. Ce n'est peut-être pas humain.

— Tu veux dire, de la magie noire ?

— Je t'ai dit, les choses peuvent devenir dangereuses. Tout peut arriver. »

Je me demande si ma mère peut s'arrêter de perdre toujours un peu plus pied. Je me demande si, Buyu et moi, nous pouvons retrouver le chien du prêtre. Surtout, je me demande si quelque chose peut arriver avec Lotte et comment je vais la séduire, suivi comme mon ombre par un garçon des rues et avec une marchande de fossiles en guise de bonne fée.

Les ombres des mouettes dérivent et foncent sur le sol du marché.

Une brise chargée de poussière et de désir se lève.

24

Le Cap. Crépuscule.

La montagne légendaire au sommet plat est un dragon géant de pierre, bordé d'un voile orangé.

Le Kombi de Jake roule devant le port, ses grues, ses cheminées de navires, ses mâts de yachts, en pleine escrime un peu fantasque. Odeurs marines, bruits des docks, cris des mouettes passant à travers les vitres baissées. D'où sortent les tonalités vibrantes de Bafo Bafo à plein volume.

Des voiles qui vont et viennent sur la mer. Les yeux de Jabulani s'écarquillent devant ce merveilleux spectacle d'un ciel inversé couvert de dunes bleues.

Et cette pièce de monnaie retournée, en cuivre vert-de-grisé, c'est Robben Island, où Mandela a été enfermé pendant si longtemps.

Ils roulent dans Strand Street, sous les grands palmiers qui dansent dans le vent. Les garçons des rues, pieds nus, rient et sifflent en voyant passer le Kombi aux couleurs dingues.

Aux feux rouges, ils sont abordés par des garçons qui essaient de leur vendre leurs objets en fil de fer et par des hommes qui crient les gros titres des journaux ou veulent nettoyer leurs vitres couvertes de poussière.

Jabulani aperçoit un Blanc qui fait la manche au milieu des vapeurs de diesel et de rêves brisés.

À présent, plus rien ne peut étonner Jabulani sur cette terre.

Il trouve qu'il a de la chance de pouvoir avancer – même si c'est pour fuir – dans un monde où les gens mendient, sont au bout du rouleau ou se font tirer dessus.

À Seat Point, Jake trouve un emplacement de parking sur le front de mer. Ils achètent des *fish and chips* à un vendeur ambulant et quelques bières chez un marchand de boissons. Ils évitent les skateurs et les joggeurs sur l'allée du front de mer et sautent par-dessus le parapet pour aller se percher sur des rochers couverts de sel et de guano. Jabulani sort son pied valide du sabot d'hôpital et le plonge dans une flaque d'eau fraîche. Les mouettes crient et mendient des frites. La canette de bière de Jabulani se renverse, et la mousse s'écoule sur le rocher comme de l'écume. Il pense au sang qui a été répandu pour qu'il puisse se rafraîchir les pieds et se remplir la panse : *Pauvre Othello. Pauvre Nina. Et le type dans le kiosque ? Le policier à l'hôpital ?*

Jabulani lit les nouvelles sur la page de papier journal qui enveloppe son *fish and chips* :

Pub nigérian mis à sac

« Qui es-tu ? D'où viens-tu ? » C'est devenu le cri de guerre des jeunes qui rôdent dans les townships, *armés jusqu'aux dents de houes, de pierres et de revolvers. Leur mission est de déloger les étrangers, de piller leurs*

cabanes, de violer leurs femmes. Leurs cibles viennent du Zimbabwe, du Malawi, du Mozambique, de Tanzanie, du Kenya, du Congo et au-delà. Ces étrangers, qui sont souvent là sans avoir de visa, sont accusés de prendre les emplois locaux. Il semble que l'apartheid est loin d'être mort. Il a refait surface sous forme de xénophobie : la peur des étrangers. La police réagit lentement à ces attaques, comme celle qui vient de se produire dans un pub illégal tenu par des Nigérians à Langa.

Un capitaine de la police a déclaré : « Les étrangers en situation d'irrégularité ont un certain penchant pour le crime. Ils ne paient pas d'impôts et ils essaient de jouer au plus malin en fabriquant des faux papiers. »

Le tenancier du pub nigérian, qui était autrefois journaliste à Lagos, a témoigné : « Je suis venu en Afrique du Sud pour échapper à la persécution. Je n'aurais jamais imaginé qu'une telle chose puisse se produire dans le pays de Mandela. »

Au Cap, l'évêque Tutu a appelé au calme.

La mer projette des gouttelettes blanches dans le ciel, et l'écume colle comme du papier humide, formant des nuages.

Jabulani se dit que cette mentalité de cafard qu'est le racisme perdurera toujours, d'une certaine façon, sous une forme ou une autre. Il redoute cette rancœur envers les étrangers africains qu'ils appellent les *makwerekwere*… envers lui : voleur d'emplois, fraudeur d'impôts, cambrioleur en puissance et fabricant de faux papiers. Il a peur du poison du racisme, et cette peur est aussi douloureuse que la blessure par balle de sa main. Il secoue la tête et se concentre sur les vagues.

Leur folle et brutale ferveur, suivie de l'accalmie du reflux qui se retire en un soupir, fait écho au rythme universel du désir et de son assoupissement. À présent, sa faim est satisfaite, mais il voudrait que la douleur lancinante dans sa main cesse. Et il a d'autres souhaits encore. Il veut aimer sa femme sous un ciel libre. Il veut aller en vacances au bord de la mer avec Panganai et Tendai, pour qu'ils voient le spectacle des dunes bleues mouvantes et du soleil qui sombre. Il veut enseigner de nouveau, dans un monde où les proviseurs ne sont pas les marionnettes d'hommes mauvais, et où garçons et filles ont la liberté de remettre en cause ce qu'on leur apprend. Et où trouver ce monde si les étrangers sont pourchassés et leurs boutiques brûlées dans ce paradis qui s'appelle Le Cap ?

Peut-être existe-t-il un endroit au-delà des mers où un homme peut vivre sa vie sans peur. Mais peut-être que là-bas, là où ils ne craignent pas les fusils, les pierres et les hommes mauvais, ils apprennent à craindre d'autres choses.

« Magnifique, non ? lance Jake.

— Magnifique. J'aimerais qu'ils puissent voir ça.

— Ta femme et tes enfants ? Un jour, ils pourront. »

Jabulani secoue la tête et émet un rire sifflant.

« Hé, ça semble peut-être un rêve impossible à réaliser aujourd'hui. Mais tu es né sous une bonne étoile. Je le sens. »

Comment, se demande Jabulani, ce rêve deviendra-t-il réalité ? Un homme lui a acheté son *fish and chips*. Il porte une chemise et un jean qui appartiennent à cet homme. Il n'a pas de chaussures et pas un sou sur lui.

Il jette ses frites aux mouettes qui battent des ailes et crient. Elles piquent et les attrapent en plein vol.

Pour lui, les mouettes sont des corbeaux blancs. Il imagine Panganai jouant de la guitare et les mouettes plongeant pour attraper des fragments de Bob Marley.

Et Jabulani se remet à rêver : il y aura du soleil et du vin, et des plaisanteries, et il posera les mains sur les yeux de Tendai, et elle regardera à travers les doigts.

« Hé, Jabulani. Un pote à moi joue ce soir. J'ai dit que j'irais. Tu peux venir et je paierai les bières. Et peut-être que nous pourrons trouver une chambre pour toi chez un de mes potes. Tu comprends, mon appartement est grand comme une boîte de sardines. Et ma petite amie écrit sa thèse et… »

Jabulani incline la tête.

« Elle est drôle. Elle a besoin de son espace pour son karma. »

Jabulani voit combien il était naïf d'imaginer que ce type allait agiter sa baguette magique et faire apparaître un toit au-dessus de sa tête, et lui trouver un boulot.

« Ce n'est pas parce que tu es noir. Elle a juste un peu flippé que je débarque avec un réfugié. Je suis désolé.

— Hé, tu m'as amené jusqu'au Cap pour pas un rond. Tu as risqué ta vie pour moi. Tu m'as redonné espoir. Je ne t'oublierai jamais.

— Je vais simplement passer à l'appartement et je reviendrai te chercher. Reste ici. *Ja* ? Je ne serai pas long. Et je vais te prêter des chaussures. Tu as l'air d'un *palooka* avec ces trucs aux pieds. »

Et le voici qui part à reculons vers le minibus.

« Tu restes ici. *Ja* ? »

*

Lorsque Jake réapparaît avec un maillot de rugby et des tongs blanches Havaiana pour en faire cadeau à Jabulani, celui-ci a disparu.

Jake se gare devant les rochers, roule un joint, penche la tête et fume le joint jusqu'au bout.

Le parfum douceâtre de frangipanier qu'exhale la marijuana dérive jusqu'à l'endroit où Jabulani est caché.

Puis Jake jette le mégot d'une pichenette et redescend les rochers. Il pose le maillot de rugby sur la rambarde, pose les tongs. Il crie ensuite :

« Bonne chance, Freedom ! »

Et le voilà parti.

Jabulani déroule le bandage de sa main. Il ne garde que son jean et rentre dans l'eau. La blessure par balle un peu rose et dentelée brûle terriblement. Il a l'impression de frotter un piment rouge dessus. Mais il maintient la main dans l'eau afin que le sel nettoie la cicatrice. C'est tellement douloureux qu'il ne fait même pas attention au détail qu'est sa coupure au pied. Puis le froid apaise la douleur, et il se laisse alors aller à l'euphorie d'être arrivé au Cap.

Il est maintenant un garçon dans la mer, qui rit quand les vagues déferlent sur lui.

Il reste sur le banc dans la lumière déclinante jusqu'à ce que le vent ait complètement séché sa peau. Il enfile le maillot de rugby. Le sel sur sa peau accroche légèrement le tissu. Ça sent le jasmin.

Leur vie avait été progressivement réduite à néant pendant ces six derniers mois au Zim. Pas de liquide de rinçage parfumé qu'on verse après l'Omo dans le tambour de la machine à laver, pas de sucre pour adoucir le café bon marché, pas de Johnnie Walker pour amortir le bruit blanc de l'inquiétude dans sa tête.

Il déchire sa vieille chemise et enveloppe sa main dans un morceau de tissu. Il attache les extrémités avec ses dents. Il marque un panier avec un sabot en caoutchouc. Puis avec l'autre. Qui danse sur le bord de la poubelle en fil de fer accrochée au réverbère, avant d'y tomber. Il pense que c'est aussi de bon augure et sourit.

25

Nouveau port d'Hermanus. Après le crépuscule.

Buyu et moi, et les garçons du bus, laissons pendre nos pieds depuis le parapet, au milieu des pêcheurs à la ligne et des amoureux alanguis. Ils avalent leur Coca-Cola glacé et dévorent leurs ailes de poulet Kentucky. Ils jettent leurs os aux chiens qui viennent réclamer et leurs frites aux mouettes qui n'arrêtent pas de jurer.

Depuis les plats-bords des bateaux de pêche amarrés, des cormorans nous dévisagent d'un œil morne comme un triste chœur de tragédie grecque. Ils ignorent avec dédain le frétillement des queues de poisson sous les coques des bateaux de pêche.

Le chef des va-nu-pieds, avec sa casquette Kangol sale et ses lunettes de soleil de petit soldat, promet qu'il guettera les chasseurs de chiens.

*

Buyu traîne avec les garçons du bus sur la jetée pendant que je joue des vieux tubes à la guitare pour les touristes et les vieux chnoques du Quayside Cabin, une sorte de bistrot. Je me demande si Zero considérerait les vieux tubes (*Hotel California, Bad Moon Rising, Sweet Home Alabama*) comme des articles à vendre.

La cuisine est un vieux container de cargo. Du toit pendent des bouées de filets et d'autres trucs funky qui flottent. Les serveuses portent des chemises orange. Elles ont l'air aussi garçon manqué que des joueuses de hockey.

Je joue pour un plat gratuit de calmars et de frites, et quelques pourboires. Je joue jusqu'à ce que le bout de mes doigts me fasse vraiment mal.

À minuit, je retrouve Buyu seul sur la coque d'un bateau de pêche renversé dans une cale sèche. Nous partageons les calmars et les frites. Je pense à ma pièce de théâtre qui ne compte qu'un personnage. Elle avait été jouée dans une cale sèche sur le front de mer au Cap. Le texte était ponctué par les aboiements des phoques et les cris des mouettes.

Un phoque sur la rampe nous envoie un coup de corne, et nous lui jetons un bout de calmar. Il le renifle avec un drôle de sourire. Il préfère son poisson cru. Maussade, il glisse dans l'eau du port.

Nous nous allongeons sur la coque. La constellation du Scorpion forme un point d'interrogation tacheté sur le tableau noir qu'est le ciel.

« Buyu, je suis amoureux d'une fille aux yeux verts.

— Où est-elle ?

— Ici, à Hermanus.

— Comment se fait-il que tu me la caches ?

— Elle a un petit ami.

— Merde !

— Ouais. Merde ! Je suis vraiment accro, mec. Je souffre, je peux te dire.

— Y a aucune autre fille qui te plaît ?

— Ce n'est pas une *fille*. C'est elle.

— Alors il faut que tu l'aies.

— Comment ? Je joue de la guitare et tu danses comme un singe ?

— Je ne suis pas ton singe.

— Désolé. Je plaisantais.

— Dis-moi son nom. »

J'hésite, de peur que la magie de son nom ne s'efface si je le dis à quelqu'un.

« Lotte.

— *Lot-ta*. C'est bien pour une chanson, non ? »

Je soupire.

« Retourne jouer avant qu'ils te renvoient. »

*

Quand je ressors, j'ai une bouteille de bière pour moi et un Fanta pour Buyu, et de l'argent dans ma poche. Ça fait du bien d'avoir un peu d'argent, parce que ce que je gagne au marché, finalement, ça va à mon vieux.

Une lune de chasseur est suspendue au-dessus du port.

Pour Buyu, je chante *Moonshadow*, en plaquant quelques accords. Le bout de mes doigts brûle de mon désir pour Lotte.

Une jeune baleine souffle dans le port.

Buyu se lève, dansant sur l'arc de la coque.

« Joue, joue, s'écrie-t-il. La baleine, elle aime ta guitare. »

Je me mets à danser aussi sur la coque au clair de lune, je chante pour une baleine, rêvant de pouvoir entendre sa poésie sous-marine.

Les quelques personnes qui traînaient autour d'un expresso ou d'un Don Pedro sortent en courant du Quayside Cabin. Ils font crépiter leurs flashes et provoquent un tel raffut que la baleine plonge et disparaît.

*

Buyu et moi roulons à Vespa entre les nids-de-poule des routes du *township* de Zwelhile. Il n'y a presque aucune silhouette humaine en train de glisser le long des sentiers sablonneux dans le labyrinthe des cabanes chancelantes aux toits en fer-blanc ou de se tenir la main autour d'un brasier étincelant. Des chiens maigres tournent autour du feu qui scintille et ils aboient vers nous dans l'obscurité, mais aucun n'a la moindre ressemblance avec un labrador beige, au ventre pendant. Une prostituée est appuyée contre le chambranle de la porte d'une cabane, offrant sa peau à la lumière du feu. Deux hommes se balancent en chantant faux une chanson qui passe à la radio : aucune prostituée ne peut guérir leur attente et leur tristesse.

Le feu et l'obscurité, la lune et la mer, ils dansent un tango sans fin.

De l'autre côté de la route se trouve un bivouac solitaire et branlant au milieu d'un terrain vague rempli de verre brisé, de fil de fer enroulé en forme de serpent et de moitiés de briques. Peut-être le repaire d'un *sangoma*, d'un guérisseur.

Ou d'un homme rongé jusqu'à la moelle par le Virus. Une autre âme rembarrée, mise sur la touche. Il en a toujours été ainsi. Mais cela doit cependant avoir lieu.

26

Long Street, Le Cap.

Jabulani s'aperçoit que tous les étrangers ont un petit business. Des types à la langue bien pendue vendent de la marijuana, des iPod d'occasion, de fausses Ray-Ban et des films illégaux importés d'Inde. Un gars, en exécutant quelques pas de danse et en agitant les bras en tous sens, dirige les voitures vers les places de parking libres. Un autre nettoie le sel marin et les insectes écrasés sur les pare-brise. Un autre encore a ressuscité l'art perdu du cireur de chaussures. Un autre enfin, avec des dreadlocks sales, fait résonner son *didjeridu* au coin d'une rue, bourdonnement envoûtant couvert parfois par les cris des mouettes, les sirènes ou les coups de cloche d'une église.

Le monde sent la mer et le café, la peau suante et les fleurs fanées. Et, de façon absurde, il sent aussi l'espoir. Quelle que soit votre pauvreté, quelle que soit la poisse qui vous poursuit, il y a dans cette ville un truc qui laisse penser que la chance peut tourner d'un moment à l'autre.

Il va de bar en bar, de café en café, de librairie en librairie, pour tenter de trouver un travail. Chaque fois, on le rembarre. Il voit bien que certains le trouvent culotté, ce Noir fauché, de demander un travail qui implique de manipuler des livres et du papier, de la porcelaine et des petites cuillers. Ils froncent les sourcils en regardant ses fringues. Font la moue en voyant ses tongs. Se méfient de la litanie de mots rares qu'il leur sert. Et sont plus méfiants encore en apercevant sa main blessée.

Au Long Street Bar, il demande poliment un verre d'eau. Un barman revêche remplit un verre au robinet et lui dit d'aller le boire dehors, sur le trottoir. Au bar, des yeux furieux et suspicieux le regardent par-dessus des bières glacées. Il sort et contemple la montagne. Sous cet angle, c'est une immense enclume et elle l'oppresse, chassant l'air de ses poumons. Il aspire une goulée d'air desséché par le *bergwind* qu'il fait passer avec une gorgée d'eau tiède. Pas de glaçon pour lui. Il a envie de jeter le verre par terre pour voir les tessons briller au soleil. Mais il revient furtivement dans l'obscurité du bar et s'incline en rendant le verre au barman. Les yeux des buveurs de bière le chassent dehors.

Il déroule le bout de chiffon sur sa main blessée pour aérer la cicatrice.

Une bande de Nigérians, casquette en tweed sur la tête, se tient devant la boutique d'un marchand de boisson. Leurs mains ne cessent de bouger. Ils font circuler des billets, jettent et attrapent des pièces de monnaie, roulent du papier Rizla entre le pouce et l'index, allument des briquets, envoient des messages d'une seule main, le pouce volant au-dessus du clavier. Dès qu'ils l'aperçoivent en train de les observer, l'un d'eux lui dit d'aller se faire foutre et crache dans sa direction.

Jabulani est estomaqué par ce crachat de venin.

Le même type sort un couteau et passe la lame sous sa gorge.

Jabulani tourne les talons et descend Long Street d'un pas rapide, au rythme saccadé, un peu grotesque, d'un film muet.

Les Nigérians lui adressent des insultes qui ne vont peut-être pas briser ses os, mais qui font aussi mal que des noyaux de pêche.

Il bifurque vers les stands bâchés de Greenmarket Square, où on vend des masques et des tambours, des vêtements et des animaux sculptés, et autres curiosités de bazar. Les vendeurs viennent de Gambie, du Sénégal, du Kenya, de Tanzanie... de Tombouctou. Des touristes blancs, qui sont incapables de faire la différence entre un Noir et un autre, sont assez bêtes pour s'imaginer que tout ça, c'est de l'art sud-africain. Un colporteur vend des ossements couverts de chiures de mouche, empilés sur une feuille de papier journal. Un barbier ambulant accomplit sa besogne sous un parasol de plage. Penché sur une boîte, un Chinois *fafi* vend de la chance.

« Si vous rêvez de lune, vous pariez sur 9. Si vous rêvez d'un chien, vous pariez sur 27. Si vous rêvez de chatte... euh, alors vous avez déjà eu de la chance. »

Et c'est à cet instant qu'il aperçoit un homme plus blanc que tous les autres. Le Cow-Boy Fantôme est devant un stand qui vend des girafes d'une maigreur absurde, taillées dans le bois à la manière zimbabwéenne.

Le sang de Jabulani se glace.

Le Cow-Boy Fantôme écrase son pouce droit dans la paume de sa main gauche pour décrire le stigmate de Jabulani au type qui tient le stand. Puis il lui tend de l'argent et un morceau de papier. Le type hoche la tête.

Jabulani glisse les mains dans ses poches et se met à courir à toute vitesse le long de Shortmarket Street, puis dans Loop Street, où les étrangers sans papiers traînent, quémandent du travail et fument pour faire passer le temps. Il court jusqu'au port, où les phoques glissent dans la mer, où les mouettes se lamentent, où les touristes regardent bêtement l'horizon et où les bateaux de pêche tanguent sans projeter d'ombre sous un soleil au zénith.

27

Marché d'Hermanus.

L'odeur de thé *rooibos* de Hunter me rappelle ma mère lisant pour moi à Amsterdam (*Des souris et des hommes, Le Vieil Homme et la Mer*), ne cornant jamais les pages, mais marquant celle où elle était parvenue d'une plume de pintade. Et moi la suppliant de me parler de l'Afrique du Sud – elle me disait qu'en filtrant tout on finissait par obtenir une mer bleue, des marchands de fleurs dans Adderley Street, des pêcheurs de *snoek* dans Hout Bay et des pousse-pousse des Zoulous dans Durban… et un trou creusé par les prospecteurs de diamant. Tout cela tournant autour d'une bonde profonde, profonde.

Et toujours le thé *rooibos* et le frangipanier, et l'odeur entêtante de la mer.

Et même si les mots et les images lui échappaient, les intonations murmurées par la voix de ma mère faisaient dériver ma sœur dans des songes peuplés de tulipes.

Je suis arraché à ma rêverie par son pas venant dans ma direction, par le frou-frou du tissu frottant contre sa peau, par l'ombre prometteuse d'un string.

Buyu la suit comme un petit chien. Je redoute un instant qu'il ne renifle son cul. Je me demande comment il a deviné que c'était elle, ma fille aux mouettes.

« Hé ! Je t'ai entendu jouer de la guitare, l'autre jour, devant le Burgundy. Et je me demandais… »

Une *fermata* : une note tenue pendant un temps insupportablement long.

« … si tu accepterais de jouer pour moi, vendredi. »

Mon cœur bondit en tous sens comme un rat pris au piège.

Derrière son petit cul à string, Buyu hoche la tête frénétiquement et danse d'un pied sur l'autre.

Les mots ont du mal à sortir de ma gorge desséchée :

« Pour… toi ? Pour toi toute seule… ? »

Elle rit de son rire nacré et dévastateur.

« Je fais une petite fête. Des amis qui viennent du Cap. »

Mon cœur bat de manière complètement erratique. Elle m'invite à sa fête !

« J'ai pensé que ce serait cool d'avoir quelqu'un qui joue de la musique. »

Idiot. Elle ne m'invite pas à passer un moment avec elle. Elle veut simplement que je divertisse ses amis. Ce qui me place dans une étrange situation : je ne serai ni un invité ni un employé. Bref, l'éternel problème du *coloured* en Afrique du Sud pendant l'apartheid.

« Combien est-ce que tu prends ? »

Buyu fait claquer ses doigts pour dire : *mucho mucho dinero.*

« Au Quayside je joue pour des pourboires.

— Il prend cinq cents pour un set. Il est bon, lance Hunter.

— Cinq cents ? »

Je jette un regard furieux à Hunter.

« Nous pouvons discuter le prix… si tu veux, dis-je à Lotte. »

Conseil de survie n° 2 de Zero. Ne fais pas ton *moffie.*

« Il vendrait sa mère pour quelques pièces », ajoute Hunter sur son ton désinvolte habituel.

Lotte plisse les yeux. Amusée ? Perplexe ? Difficile à dire.

« Tu joues quel genre de musique ?

— Tous les genres, propose Buyu.

— Je joue du folk rock. De l'indie aussi. J'adore les Black Keys. Et je peux jouer du reggae.

— Tu sais jouer du Wilco ?

— Seulement *Kamera* dans l'album *Yankee Hotel Foxtrot.*

— OK. Ça roule.

— Ça roule, ma poule ? coupe Hunter, jamais à court d'une vanne.

— Pour venir chez moi, suis le chemin depuis le port vers Kwaaiwater. Viens après la fermeture du marché. Tu verras des guirlandes électriques dans le jardin. Et un frangipanier en fleur. »

Je prends un air stupide pour dissimuler le fait que je l'ai espionnée dans son jardin au frangipanier depuis mon buisson d'asclépiades.

« Cool.

— Hé, je ne connais pas ton nom.

— Jerusalem. »

Elle lève un sourcil.

« Jerusalem ?

— Tu peux m'appeler Jero, si tu préfères. Mon vieux m'appelle comme ça.

— Non. Jerusalem, c'est magique. C'est plein de musique. »

J'ai l'impression d'avoir un ventilateur qui tourne dans la tête. Ou un oiseau qui bat des ailes. *Flooff. Flooff. Flooff.*

28

Long Street, Le Cap. Un autre jour.

Jabulani hume un mélange d'air marin, de vapeurs de café et d'odeur de pigeons. Il évite les garçons effrontés qui brandissent des couteaux et lancent des insultes. Il garde les mains dans les poches et il guette le Cow-Boy Fantôme.

Il dérive au milieu de ceux qu'on évite et qu'on tient à l'écart, de ceux sur qui l'on crache et que l'on brûle, de ceux dont les mains sont enduites de suie et dont les visages sont couverts de poussière : les épaves de l'Afrique qui attendent Godot à jamais, parmi les plumes de pigeon, les mégots de cigarettes et les rêves brisés, à jamais condamnées aux limbes du caniveau. Une aura de malheur les entoure comme une ombre miteuse.

Suivi par leurs yeux étonnés, il redoute de finir comme un de ces zombies de caniveau, parce qu'il n'a pas le culot de croire en son destin. Si Thokozile ne l'avait pas poussé à le faire, il ne se serait jamais embarqué dans ce maudit voyage.

Sur une autre fréquence lui parviennent les fragments des conversations frivoles dans les cafés à propos de films et de musique, *The Beach* et Coldplay, Tarantino et Oasis. Pour eux, buveurs de mojito et junkies du sushi, les humiliés et les offensés sont invisibles. Ils coupent le son des bavardages de clochards et de prophètes. Ils sont aussi cool et aussi distants dans leurs cafés climatisés et leurs bars à modules que les mannequins blancs de vitrine qui portent les jolies robes que sa femme n'a jamais eu les moyens de s'acheter.

Il aperçoit un chien errant pisser contre une bicyclette en partie couverte par des sacs d'ordures.

Il contemple d'un regard paresseux un type aux orteils amputés, des lunettes d'aviateur sur les yeux, en train de lever le poing vers le soleil féroce.

Des échos de son Zimbabwe l'interpellent. Une femme aux cheveux tressés comme ceux de Thokozile se servant d'un journal pour se protéger du soleil. Un clochard *penga* roucoulant du Bob Marley dans le goulot d'une bouteille de bière, comme un pigeon fou d'amour. Une chanson de Tuku, un chanteur zimbabwéen, à la radio. Des silhouettes tordues et sculptées dans une pierre du Zimbabwe à l'intérieur de la cour d'un café branché. Des mots croisés en Ndebele peints sur le mur d'une ruelle. Le rire fou d'une huppe, l'oiseau qu'ils appellent *hleka mfazi* dans son dialecte. Un jeune Zimbabwéen du nom de Zola prenant le soleil, après un week-end passé en prison pour intention délictueuse. Il a perdu une chaussure entre le panier à salade et la prison.

Jabulani et Zola, et peut-être un million d'autres Zimbabwéens interlopes essayant tous de trouver une porte ouverte, un petit carré de sable où construire leur cabane, pour avoir la liberté de ne pas constamment craindre le pire.

À midi, un coup de canon tonne sur Signal Hill, et tout le monde laisse tomber ses outils. Les maçons et les balayeurs se couchent sur les trottoirs de Loop Street pour faire un petit somme.

Jabulani pêche un journal dans une poubelle pour y poser la tête. Il s'allonge, lui aussi, dans Loop Street et tourne son regard vers la montagne. Sur les pentes, au-delà du champ de vision de Jabulani, des *bergies* défoncés se cachent du soleil brûlant sous des morceaux de bâche trouvés çà et là. Jabulani baisse les paupières. La lumière rouge du soleil flambe derrière la peau, et il renverse donc la tête sur le côté. Il est sur le point de glisser dans un rêve quand une queue touffue lui chatouille le visage. Il sourit en voyant que c'est un écureuil et non un chien féroce ou un démon poilu. Et c'est à ce moment-là qu'un article dans le journal qu'il a placé sous sa tête attire son attention.

Quelques lignes à propos d'une tuerie dans une station-service Shell dans le Nord du pays. Deux hommes sont morts. Et une femme non identifiée a survécu. Les hommes ont été abattus d'une balle dans la tête. La Pajero de la femme a été incendiée, ce qui complique le travail d'identification. La police a encore à découvrir les raisons de cette tuerie puisque l'argent de la caisse n'a pas été volé.

Jabulani est fou de joie de ne pas avoir, même indirectement, le sang de Nina sur les mains.

Mais un nouvel après-midi de rejet et de mépris met vite fin à son euphorie. Ici, on lui dit *désolé, vraiment désolé*, avec un sourire de pitié, là on lui dit *voetsek* !

Un sifflement condescendant entre des lèvres retroussées : *Voetsek* ! Le truc qu'on crie aux chiens insistants.

Il marche sur les pavés de Malay Quarter, là où les maisons dans les rues en pente sont peintes avec des couleurs criardes. Les immeubles joyeux rient d'un monde par ailleurs si ennuyeux et plat. Des femmes qui bavardent, avec des turbans très colorés, lui font penser à des aras de Macao. Toutes les portes et les fenêtres encadrées de blanc sont fermées et, pour lui, condamnées. Par la porte d'une mosquée, il aperçoit des hommes qui penchent leur barbe blanche vers le sol. Ils sont tous alignés, comme des moutons dans le vent.

Au crépuscule, Jabulani redescend pour aller s'asseoir sur la jetée comme un bouddha affamé, fatigué.

Robben Island luit dans le crépuscule orangé. Et une mer agitée jette ses offrandes d'algues. Pourtant il se sent abattu. Et entièrement vidé.

29

Hermanus. Après le crépuscule.

Une demi-lune est accrochée dans le frangipanier devant la maison de Lotte. Les guirlandes électriques, comme annoncé, dansent dans la brise marine. Lotte, les pieds repliés sous elle dans la position du lotus, est assise sur un sofa de Bali. Sur la sono, Johnny Clegg chante cette chanson où il est question d'un crocodile dans la rivière et de requins dans la mer :

It's a cruel crazy beautiful world...

Al et quelques autres types en bermuda sont autour du feu. Le petit groupe a des airs de tribu. Al, mécaniquement, marque le rythme de la chanson avec ses tongs sur une bouteille de bière vide.

Les types sont plongés dans une conversation sérieuse : comment empiler du feu de bois ? Est-ce qu'on assaisonne un steak à l'avance ou est-ce qu'on le sale simplement sur le feu ? Est-ce qu'on déroule les *boerewors* ou pas ? Si non, est-ce qu'il faut les piquer avec un pic à barbecue pour les tenir enroulées ? Le poisson, on le fait griller sur une feuille d'aluminium ou on carbonise la peau ?

« Les types qui se servent du gaz sont des *moffies* », annonce un mec qui essaie désespérément d'allumer son Zippo.

La flamme surgit, aussi longue qu'une langue jaune de lézard.

Ah-ah d'acquiescement et bouteilles de bière entrechoquées pour confirmer cet axiome universel : gaz = *moffie*.

« J'ai entendu dire qu'en Amérique ils font cuire les hamburgers sur le *braai* », dit un autre.

Les types secouent la tête et marmonnent des *Nom de Dieu* à l'évocation de la folie de l'Amérique.

Lotte abandonne la position du lotus pour verser du vin dans les verres des autres filles qui se prélassent et murmurent à ses côtés.

Les types autour du feu. Les filles un peu à l'écart. Il en a toujours été ainsi.

Je m'approche du cercle des types, en me disant que j'aimerais avoir le courage d'aller vers les filles qui boivent en prenant le frais. Le fait que Lotte soit si proche me met les nerfs à vif. À travers le bourdonnement des voix masculines, j'entends le bruissement des feuilles de frangipanier dans le vent, les jappements de chiens au loin, les intonations mélodieuses de sa voix limpide. J'imagine pouvoir ne plus entendre tous ces machos pour me concentrer sur les baleines en train de chanter leurs doux chagrins. Et j'imagine que je peux voir le monde s'incurver à l'horizon.

« Ce qui est vraiment cool avec cette nouvelle Afrique du Sud, c'est qu'on n'a plus à craindre que l'ANC vous envoie en enfer, remarque Al.

— Et on n'a plus à les voir à la télévision en train de mettre un pneu autour du cou d'un type et d'y mettre le feu », ajoute le type au Zippo.

Il imite les secousses d'un homme en train de brûler dans une *township* où il était accusé d'être un mouchard.

« Ce n'est pas très drôle, dit Al sur un ton de reproche. Si tu dois te comporter comme un trou-du-cul, il va falloir que tu te trouves un autre endroit.

— Hé, du calme, mec », gémit Zippo.

Et, pour détourner l'attention, il m'interroge :

« Qu'est-ce que tu penses des allume-feu ?

— Moi ? Je n'y ai pas beaucoup réfléchi. »

Il hoche la tête comme si cela confirmait ce qu'il avait pensé de moi instinctivement. Un type un peu douteux. Probablement gay ou communiste.

« Tout l'art consiste à faire démarrer le feu en n'utilisant que des petits morceaux de bois et du papier journal, dit Al sur un ton docte.

— *Ja*. Les allume-feu, c'est pour les couilles molles », dit un autre.

Encore un axiome impeccable.

« Hé. Apporte-nous d'autres bières », me dit Zippo.

C'est un tableau digne de l'apartheid. Homme blanc donnant l'ordre à un boy *coloured* d'exécuter une tâche subalterne pour lui.

« Il y a des bières dans la baignoire, dit Al. Hé, merci, c'est gentil à toi. »

Je passe au milieu des filles sur la véranda. Lotte est plongée dans une conversation avec une fille.

« Ils ont découvert que ce n'étaient pas des extraterrestres. Ce sont des kangourous défoncés au coquelicot. Ils se mettent à sauter et dessinent des cercles dans le seigle. »

J'aimerais me rapprocher d'elle, boire chacun de ses mots, fixer ces lèvres pâles au bord de son verre de vin, mais une fille fronce les sourcils en voyant que je les espionne.

Je retire mes baskets et je traverse pieds nus le sol en marbre glacé d'un salon rempli de sofas blancs et de rideaux blancs qui dansent. Des peintures à l'huile assez exubérantes sont accrochées sans cadres sur les murs blancs immaculés. Les siennes ? J'en ai l'impression.

La baignoire est remplie de glaçons au milieu desquels flottent des bouteilles de bière et de cidre en train de refroidir. Je pêche quelques Windhoek et une Savanna Light pour moi.

Au moment où je repasse devant les filles, Lotte me voit.

« Oh, te voilà. »

Elle me fait signe d'approcher en levant la main comme les chats porte-bonheur dans les magasins chinois. Mon cœur fait des claquettes.

« Les filles, je vous présente Jerusalem, le type dont je vous ai parlé qui joue de la guitare. »

Sourires muets, complices. J'ai l'impression qu'elle n'a pas seulement parlé de ma guitare.

« Viens jouer quelque chose pour nous, dit Lotte sur un ton suppliant.

— Oh, oui, fait le chœur des filles.

— On m'a envoyé chercher des bières.

— Oh, qu'ils aillent chercher leurs bières eux-mêmes. »

Je pose les bières et j'ouvre l'étui de ma guitare.

Je fais tomber un médiator, et Lotte le ramasse sur le carrelage. Il est toujours difficile de ramasser un médiator sur une surface plane. Je ne laisse pas pousser mes ongles sur une main, comme le font certains guitaristes ou les vieux Chinois qui voient dans un ongle en spirale la mesure de leur aura inaltérable. J'aperçois ses seins au moment où elle se penche. Je sens des picotements dans mes joues et je me concentre pour accorder ma guitare.

Elle me fait un sourire par en dessous, très lent, quand elle me tend le médiator. Comme si elle avait senti mes yeux sur sa peau cachée. Puis elle glisse vers la sono et l'éteint.

Al, sans doute agacé qu'une fille touche sa sono, vide le fond de sa bière sur les *boerewors* en train de griller.

J'effleure quelques cordes et je règle la clé de la corde de *mi*.

« Qu'est-ce que vous voulez que je joue ?

— Joue quelque chose de lyrique.

— Lyrique ? »

Je commence à jouer *Moonshadow*.

Les filles tapent du pied et fredonnent pour m'accompagner.

Zippo arrive en soupirant pour prendre les bières. Il a un petit sourire méprisant quand il voit que je suis à la Savanna. Ce jus de couille molle de Savanna Light.

Il cogne les bouteilles les unes contre les autres pour saboter la chanson. Lotte lui jette un regard furieux.

À la fin de la chanson, Zippo lance une pièce de monnaie à mes pieds.

« Hé, Cat, tu nous en joues une autre ? »

Il rit de sa blague jusqu'à ce qu'Al lui plante ses pinces de barbecue brûlantes dans les côtes.

« T'es dingue ou quoi ? hurle Zippo. Tu veux me marquer au fer rouge ? »

Je mets la pièce dans ma poche et je recommence à jouer.

Des gens continuent d'arriver, et le jardin bourdonne de monde jusqu'à ce que le son de ma guitare soit couvert. Al enchaîne avec Santana sur sa sono. Je suis libre.

Lotte glisse des billets pliés dans la poche arrière de mon jean. Elle me supplie de rester.

Et tous les invités ne sont pas superficiels et mal élevés. Quelques-uns sont même sympas. Il y a une femme médecin qui espère que le sida va pouvoir être endigué après le concert 46664 de Mandela au Cap. Et puis il y a cet acteur loufoque et chauve qui s'appelle Sjaka (un Sjaka blanc ?!).

En même temps, je n'arrive pas vraiment à entrer dans la conversation. Le refrain qui me trotte dans la tête est le suivant : qui suis-je, inconnu et *coloured*, pour venir valser dans le monde blanc de cette fille ?

Des joints rougeoient et passent de main en main. Je fume à mon tour, et le monde se vrille bizarrement. La lune est une lanterne chinoise. Les étoiles sont des vers luisants dispersés. Un tuyau serpente dans le frangipanier pour cracher de l'eau sur des filles jusqu'à ce que leurs robes leur collent à la peau et que leurs tétons se dressent.

Et Lotte tourne au ralenti pendant que les guirlandes électriques projettent des couleurs psychédéliques sur elle.

Je la perds de vue pendant un long moment, puis je me retrouve assis à côté d'elle sur un sofa. Devant l'assemblée de ses copines, je lui demande de retirer sa bague en diamant. Il clignote dans ma paume. Puis je ferme le poing et quand je l'ouvre, il y a une fleur de frangipanier à la place. Les filles font *Ouh* et elle esquisse un sourire. Elle est à moitié enchantée, à moitié terrifiée à l'idée que j'aie pu piquer la bague.

Vers minuit, une fille me verse du champagne sur la tête et le frotte dans mes cheveux.

Bien après minuit, le frangipanier est abattu d'un coup de *panga* à longue lame délivré par un des machos. Lotte sanglote, et Al la supplie de ne pas en faire un drame.

Le frangipanier est transporté jusqu'à la maison et planté dans un grand vase chinois. Les garçons persuadent les filles d'enlever leurs culottes et de les suspendre dans le frangipanier. Une fille montre ses fesses aux garçons. Les garçons poussent des hurlements de loups.

Les culottes suspendues dans le frangipanier font l'effet de bannières de prières tibétaines.

Lotte traverse en courant le jardin en direction du chemin de bord de mer. Personne ne le remarque parce qu'ils sont tous en train de danser sur une vieille chanson de Toto. Le fait que toutes les filles soient nues sous leurs jupes fait grimper la tension, et les garçons se déchaînent.

Je me souviens de Zero à Amsterdam à l'époque où il dansait avec une telle énergie qu'il traversait les planchers comme Grigrigredinmenufretin.

Je m'empare de ma guitare et je suis Lotte.

Elle court pieds nus sur le chemin en direction du vieux port, sa robe blanche claque dans la brise marine un peu fraîche à présent.

Je la rattrape sur la rampe du vieux port.

« Je suis désolé pour ton frangipanier. »

Elle essuie ses yeux mouillés de la paume de ses mains.

« Il a été planté à ma naissance. Il y a quelques jours, il était couvert d'oranges venues de je ne sais où… »

Le vent, qui siffle dans la rosace de ma guitare, se fait l'écho de mon désir pour elle.

« … et j'ai l'impression que ça a quelque chose à voir avec toi.

— Lotte, je suis tombé amoureux de toi le jour où je t'ai vue sous un nuage de mouettes qui battaient des ailes. Il y a une foule de choses que j'aime chez toi : la façon dont tes pieds décollent d'une manière si languide, si subtile des carreaux frais de la véranda, la façon dont tu ramènes tes pieds sous toi, de manière si féline. J'aime l'angle de tes sourcils, penchés comme l'herbe des dunes dans le vent. Et j'aime le murmure des taches de rousseur sur tes joues. »

Elle contemple la mer et effleure le bord de sa lèvre inférieure. Je sais qu'elle vacille, comme si elle cherchait son équilibre sur un câble de funambule. Puis elle tourne brusquement son visage pour me faire face.

« Embrasse-moi avant que je ne change d'avis.

— Et Al ?

— C'est un type adorable, mais il te tuerait à mains nues s'il t'attrapait. »

Ce qui prouve que le mantra de cette bonne vieille Hunter est aussi juste qu'il est possible de l'être. Les choses peuvent devenir dangereuses.

J'embrasse sa peau soyeuse sous l'oreille. Je passe les doigts dans ses cheveux et pose mes lèvres sur son front, puis j'embrasse ses paupières qui battent.

La mer cogne contre la barricade de la jetée. Une étoile filante tombe comme une fusée de feu d'artifice. Au loin, un babouin ou un chien affolé aboie en direction de la lanterne de la lune.

Ma queue réclame à toute force un nirvana rose.

Je baise ses lèvres. Les pointes de nos langues dansent un tango langoureux.

Nous nous recroquevillons à l'abri de la jetée sur mon maillot de rugby. Je suis torse nu.

Moonfleet surgit et vient nous flairer. Lotte glousse, chatouillée par les moustaches de la chienne sur sa peau. Puis Moonfleet va se lover contre ma guitare.

Lotte glisse ma main sous sa robe. Je sens la courbe fraîche de ses seins sous ma paume. Sa voix descend de quelques octaves pour devenir sablonneuse à mon oreille.

« Tu sens le champagne », dit-elle.

Elle s'allonge devant moi.

Je suis conscient qu'il s'agit peut-être d'une vengeance un peu tordue pour le frangipanier abattu et non d'un amour profond qu'elle aurait pour moi. Mais je lèche longuement sa coquille de cauri légèrement salée. Je suis un artiste impressionné qui tente de peindre le visage d'un bouddha.

30

Long Street, Le Cap.

Encore une journée passée à traquer sa chance et à éviter le Cow-Boy Fantôme.

La main blessée dans la poche, Jabulani soulève son chapeau de sa main valide pour saluer ses compatriotes interlopes du Zimbabwe. Il lèche l'odeur du café dans l'air. Ses os grincent et coincent après une nouvelle nuit passée dans la poubelle de papier d'une librairie au fond d'une cour.

Il avait placé une pièce de monnaie sous le couvercle pour laisser passer un peu d'air : un mélange d'égout, d'essence, de fruit pourri et de rat. Une salamandre s'est glissée par la fente et promenée, insaisissable, au milieu du papier froissé et des cartons aplatis. Il a rêvé que c'étaient de nouveau des rats sur le toit et qu'il était dans les bras de Thokozile. Il était parfaitement heureux dans son rêve et, lorsqu'un chien a renversé une poubelle puante à l'aube, il a soulevé le couvercle de la sienne pour l'insulter. À tâtons, il a trouvé une cartouche d'encre Canon et s'en est servi pour chasser l'importun. Elle a atterri sur un mur qu'elle a couvert de gouttelettes magenta. Il s'est rendormi pour faire un autre rêve : cette fois, c'était son chat pendu à une ficelle. Son propre cri l'a arraché à ce rêve agité, faisant fuir des mouettes qui se disputaient comme des poissonnières autour de la poubelle renversée.

À présent, le tintement des cloches d'église lui rappelle son école à Bulawayo.

Dans sa tête, il voit Panganai et Tendai à l'école, cachant leurs chaussures éculées sous leurs pupitres, empruntant du papier à leurs voisins de classe, éludant les questions concernant leur père. Puis il voit Thokozile fouiller les poubelles pour leur repas.

Au moment où quelque chose de sauvage en lui est sur le point de hurler contre l'injustice de ce monde, un pigeon vient se poser sur sa tête. Il l'interprète comme un autre signe de bon augure.

Le pigeon s'envole alors pour atterrir sur le toit d'une vieille Benz verte.

Il s'empare d'un journal et d'une banane tachée et un peu molle dans une poubelle. Il est debout dans un rayon de soleil devant une librairie, en train de lire le journal et de laisser fondre la banane odorante sur sa langue. Il lit des histoires de colère et de sang, rythmées par le roucoulement impudent du pigeon.

Il sent des regards sournois se poser sur lui au moment où passent des gens bien habillés. Un homme en tongs blanches mangeant une banane, laissant la peau retomber sur sa main comme le ferait un singe, et lisant cependant le *Cape Times* comme s'il avait un emploi de bureau dans un de ces grands immeubles qui chatouillent le ciel.

Pour éviter de sombrer à nouveau dans la morosité, il jette la peau de banane (en espérant qu'un de ces prétentieux en flanelle marchera dessus) et se concentre sur le pigeon. Cet oiseau comique, au plumage mité, chante comme s'il était le Bono des oiseaux. On voit bien qu'il se prend pour celui dont toutes les oiselles rêvent.

Il entend du verre tinter et regarde au-dessus de son journal pour voir un homme en chemise hawaïenne aux couleurs de perroquet et avec des bottes en peau de serpent déposer un carton de bouteilles de whisky dans le coffre de sa Benz.

Le pigeon s'envole.

Jabulani s'apprête à reprendre sa lecture quand il aperçoit, du coin de l'œil, un scintillement de lumière sur la lame d'un couteau. Curieusement, le temps s'étire comme le son d'une cassette laissée trop longtemps au soleil. Il voit une main prolonger cette lame jusque dans l'ombre.

Le vent emporte le journal qui tombe.

À l'instant où il atterrit, Jabulani a plaqué au sol le type au couteau. Il le roue de coups de poing.

Le couteau vole un peu plus loin.

Une tête cogne contre un enjoliveur.

Zero bondit à ce coup de cymbale. Il sort son Colt 45 et le brandit.

Une femme s'effondre sur le trottoir en hurlant : *Ne tirez pas !*

À cet instant précis, Zero voit tout. Lui sur le trottoir, à ses pieds. Inconscient. Du sang coule d'une blessure à la tête. Et lui en tongs blanches, une main bandée comme celle d'un boxeur.

Zero range son pistolet de cow-boy et aide à se relever la femme qui s'est mise à baragouiner.

« Désolé, *mother*. Désolé. »

Sa voix calme la peur de la femme. Il glisse de l'argent dans sa main. Elle s'éloigne en traînant les pieds, marmonnant quelque chose à son dieu.

Jabulani époussette sa chemise et examine sa main, et le sang qui se répand de nouveau dans le tissu.

Zero retourne le type au couteau du bout du pied.

Un garçon. Peut-être du même âge que Jero.

Le garçon cligne des paupières. Son doigt effleure la coupure. Puis, à la vue du sang, ses yeux s'écarquillent, deviennent des boules de billard. Et il décampe, fuyant à quatre pattes comme un singe.

Zero éclate de rire.

Jabulani le regarde, sidéré.

« Pourquoi vous l'avez laissé partir ?

— La prison ne fera qu'empirer les choses pour lui. Et je ne suis pas d'humeur à le mettre dans le coffre de ma voiture. J'ai besoin de temps pour réfléchir à tout ça. »

Ses mains tremblent quand il allume une Camel.

« Je suis baba, je peux vous le dire.

— Vous en voulez une ?

— Merci.

— J'ai toujours pensé que j'étais entouré par un cercle de chance.

— Peut-être que je suis votre chance. »

*

Dans un café de Greenmarket Square.

ZERO : Tu m'as sauvé la vie.

JABULANI : Oublie.

ZERO : Tu es dingue ? Comment tu veux que j'oublie le fait que, sans toi, je ne serais plus là ?

Il observe le marché comme pour absorber toutes les choses qu'il aurait quittées.

ZERO : Je veux t'aider. Tu as un boulot ?

JABULANI : Je cherche du boulot.

ZERO : Tu as des papiers ?

JABULANI : Non. Seulement mon flair.

ZERO : C'est compliqué.

JABULANI : Je trouverai quelque chose.

ZERO : Tu es d'où ?

JABULANI : Zimbabwe.

ZERO : Je suis désolé pour toi. Le Zimbabwe est foutu.

Au même instant un Zimbabwéen passe, proposant des girafes en fil de fer aux gens attablés.

ZERO : C'est une putain de diaspora.

Jabulani se contente de hocher la tête devant cette évidence.

ZERO : Quel genre de boulot ?

JABULANI : J'aimerais enseigner de nouveau. Mais, après avoir été rejeté de partout, m'être fait cracher dessus dans cette ville, ça semble impossible. Je laverai ta Benz. J'irai te chercher des cafés. Je porterai tes caisses de whisky. Tu comprends, il faut que j'envoie de l'argent à ma famille.

ZERO : Alors tu es professeur, hein ?

JABULANI : D'anglais.

ZERO : Des professeurs d'anglais, il y en a treize à la douzaine. C'est difficile de trouver un poste. Mais peut-être que je peux te dégoter un truc. Comment tu as mis ce type par terre ! Tu as de sacrés réflexes, mon pote. Tu vas me suivre comme mon ombre, où que j'aille. Et je m'occuperai des papiers.

JABULANI : J'ai besoin d'un endroit où dormir.

ZERO : J'ai dit *où que j'aille*. Mon fils vient de déménager. Tu peux prendre sa chambre. Il adore les livres… des livres de Sud-Américains et d'Indiens.

JABULANI : Et ta femme ?

ZERO : Elle ne lit plus.

JABULANI : Mais comment elle va réagir quand tu vas ramener un étranger sous son toit ?

ZERO : Tu verras.

Une pause.

JABULANI : Je me demande ce qu'il cherchait. Ce type. Il n'allait pas courir avec une caisse de whisky sous le bras après t'avoir poignardé.

ZERO : J'ai vu des trucs plus bizarres encore.

31

Hermanus. Aube.

Ses rideaux restent tirés. Les guirlandes électriques clignotent encore. Les mouettes tournent autour de son jardin, dans une attente un peu morbide. Des moineaux volettent en tous sens et donnent des coups de bec dans des mégots de cigarettes et d'autres débris sur la pelouse et la véranda. Des *dassies* boudent, l'air méfiant, dans les buissons d'asclépiades.

J'observe la petite souche du frangipanier abattu à la machette, les fleurs tombées qui jaunissent déjà.

Dans ma tête, je revois le moment où la lune a fait sortir de l'ombre le visage pâle du professeur. Ses yeux ne semblaient pas voir les seins de Lotte, étrangement blancs au clair de lune à côté de ma peau couleur cannelle. Il préférait fixer le rival qui lui avait pris sa femme, l'océan au-delà de nous.

Ce visage éclairé, flottant au-dessus de la jetée, a tué la magie du moment. Lotte a remonté sa culotte et dit qu'elle avait perdu la tête, et que c'était fou et qu'elle était désolée.

Et puis elle a disparu.

*

Je cours sur le chemin le long du lagon, en restant bien à l'écart des dunes pour éviter d'être attaqué par une mouette. Devant moi, sur la ligne de la marée, je vois un attroupement frénétique de mouettes et de corbeaux au-dessus d'un tas de déchets déchiquetés. Au moment où je me rapproche, les mouettes décollent, et les corbeaux s'éloignent du tas en sautillant. Les oiseaux me crient dans leur dialecte d'oiseaux d'aller me faire foutre. Je vois maintenant un cadavre humain dans les chiffons en lambeaux : le clochard à la civière échoué comme un sinistre fœtus. Ses yeux ont été crevés par des coups de bec. C'est à mon tour de sautiller en arrière, pris d'un haut-le-cœur en voyant les orbites sanguinolentes.

La puanteur est telle que je suis obligé d'attacher ma chemise autour de la bouche. Je le traîne au-delà du reflux des vagues jusque dans le sable blanc comme du sucre, au pied des dunes. En passant, je ramasse des coquilles de moule pour couvrir ses yeux. Puis je me mets à creuser le sable. Des mouettes piquent au-dessus de ma tête, en poussant des cris. De temps en temps, un corbeau effronté donne un coup de bec dans le pied sanglant. Je lui jette une poignée de sable.

J'explore la plage du regard pour voir s'il y a des gens. Seulement la silhouette d'un pêcheur au bout de la plage. Sinon, tout est désert.

Je fouille les poches mouillées et déchiquetées à la recherche d'un indice pour savoir qui il peut bien être. Je ne trouve que des bouts de ficelle, des morceaux de verre polis par le sable, des coquilles de cauri, des élastiques, quelques pièces de monnaie et le briquet Bic de

Zero. Bizarrement, il se glisse dans le creux de ma main. Je le mets dans ma poche. Je pousse le type dans le trou peu profond. Je dépose ma chemise sur son visage hagard, égratigné, et je jette du sable jusqu'à ce qu'il ait disparu. Puis je parcours la plage à la recherche de pierres pour marquer l'emplacement.

Je me sens un peu plouc de recycler *Redemption Song* en me souvenant d'un film que j'ai vu, une autre mort sur une plage en Thaïlande. Pourtant ça semble être la chose à faire. Cette fois-là, c'était un requin. Un requin fictif démoniaque était sorti comme par hasard de la tête d'un scénariste pour se mettre à nager dans un monde où jamais un homme n'avait été tué par un requin. Je me demande, tout en chantant les paroles de Marley, comment ce clochard est mort. Comment il a fini si loin de sa civière. Il a gonflé comme le font les noyés et les poissons-lunes avec leurs piquants, mais il était peut-être mort avant que la marée ne l'emporte. Je me demande si ce sont des rochers qui ont égratigné son visage. Et je me demande aussi pourquoi je veux l'enterrer comme je l'ai fait, sous une pyramide de pierres (un peu juif, ça), plutôt que d'appeler la police qui l'aurait zippé dans un sac et mis au froid.

Je cherche le briquet au fond de ma poche. Peut-être que je suis, après tout, le fils de mon père. Faisant des trucs interdits en douce. Mais, dans un pays déchiré par le crime, je doute que la police enquêtera bien longtemps sur la mort d'un clochard parmi tant d'autres.

*

Je me sens un peu sale d'avoir foutu dans un trou le clochard à la civière. Je sens aussi un creux dans ma poitrine, nostalgique comme je le suis de Lotte. Et je suis trop fatigué pour aller marchander. Je préférerais me peindre en bleu et suspendre une pancarte au-dessus de mon stand qui dirait : SALE ARABE. Ça ferait l'affaire. Ça l'a fait pour le Jim de Twain à l'époque où c'était un crime d'être un Noir libre comme l'air.

Dire que l'Amérique était comme ça, il y a si longtemps, et que l'Afrique du Sud l'était aussi hier encore.

Mais la vie continue. J'entends les fugues des mouettes portées par le vent, la cloche du marchand de glaces, la corne d'algue du type qui surveille les baleines. Je sens la fumée et l'algue, la poussière et le jasmin.

Et des Noirs venus de toute l'Afrique sont derrière les stands du marché : faisant leurs affaires, sifflant le chaland, riant de la musique de leurs rires secs, dansant au rythme nonchalant d'un Lucky Dube, secouant leurs pièces dans leurs poches, envoyant des messages concis sur leurs portables, s'abritant de la morsure du soleil, rêvant peut-être de rayer avec une capsule de bouteille la peinture de la Touareg d'un type prétentieux.

Buyu vient à ma rencontre à présent, en sifflant un air dans une bouteille vide. Et sa démarche sautillante me dit qu'il a quelque chose à me raconter. Il est suivi par tous les va-nu-pieds du bus londonien.

« Les garçons, ils ont vu des hommes faire une piqûre à un chien. Ce chien, il était en train de lécher les coquilles de moule derrière le Quayside Cabin. Ils ont vu le chien, il est tombé d'un coup… comme ça. »

Buyu fait claquer ses doigts.

« Les hommes, ils l'ont mis dans une Land-Rover.

— Vous avez vu ça de vos propres yeux ? »

Les garçons hochent la tête. Avec un air timide, ils frottent le papier de verre de leurs plantes de pied contre leurs tibias. Ils ont du mal à dissimuler leurs sourires, sentant bien que cette information vaut de l'or pour moi.

Leur chef, celui qui porte une casquette Kangol, s'avance.

« Ce chien est un de ceux qui mendiaient les os du Kentucky. Tu te souviens ? Il avait les poils dressés au milieu du dos. »

Un rhodésien ? Je ne me souviens que de quelques bâtards.

« Cette Land-Rover, c'était un Freelander blanc. Sur la porte, il y avait une tête de requin peinte en noir. La gueule du requin était comme ça. »

Il ouvre grande la bouche, découvrant une denture éclatante.

Je suis sidéré que ces enfants des rues aient les dents si blanches, tout comme je suis sidéré par les gens des campagnes qui portent miraculeusement des chemises blanches immaculées au milieu de la poussière et du chaos.

Je me souviens d'avoir déjà vu ce logo de tête de requin à Hermanus.

« Tu connais l'entreprise ?

— Ils sont à Gansbaai, lâche le garçon à la Kangol.

— Plongées en cage ?

— *Ja.* Requin blanc. »

J'ai lu qu'ils attiraient les requins pour les touristes avec un appât fait de sardines écrasées qu'ils appellent le *chum.* Ça laisse une traînée de sang que les requins peuvent sentir à deux kilomètres.

Hunter intervient :

« Mais pourquoi ils piqueraient un chien ? »

Le garçon retire sa Kangol poliment.

« Ça, c'est un mystère, madame. »

Il prononce chaque mot avec application, comme s'il parlait à son institutrice. Pourtant, je me demande s'il s'est jamais assis dans une salle de classe.

Du coin de l'œil, j'aperçois des yeux d'iguane qui me regardent fixement, des yeux qui ne clignent pas dans une tête chauve bien droite. Phoenix. Avec sa chemise Lacoste rose de rigueur, il est assis à la terrasse du Fisherman's Cottage, sous un toit en appentis. Il lève une flasque dans ma direction pour me dire *santé*.

« Ouvre l'œil pour moi », dis-je à Buyu.

Je m'approche. Il fait tourner ses boules chinoises Baoding dans sa main gauche.

« Hé, Phoenix. C'est mon vieux qui t'envoie ?

— Il fallait que je passe prendre du *perlemoen* et des langoustines à Hawston. Il m'a donné ça pour toi. »

J'ouvre le carton de bouteilles de vin. Rempli de salamandres et d'hippocampes, et autres trucs en perles.

« Santé.

— Tu survis ?

— Je me débrouille. J'ai de l'argent pour lui. Dans mon appartement.

— Je le prendrai une autre fois. Il va falloir que j'y aille. Un boulot à Sea Point au crépuscule.

— Tu as le temps de boire un verre ?

— Toujours. J'ai commandé une Windhoek pour toi. Ça te va ?

— Merci. C'est quoi, dans la flasque ? Du café ?

— Un mélange. Du gingembre et du *buchu*. »

Le *buchu* est une sorte de *fynbos*. Les Hottentots le font fermenter pour en tirer un médicament. Les trucs dans lesquels les gens ont foi en Afrique du Sud. Les Zoulous se gargarisent à l'eau de mer en guise de remède universel. Ma mère met des grains de poivre sur le rebord des fenêtres pour chasser les fourmis.

Je ne demande pas si les gens du restaurant ne voient pas d'un mauvais œil le fait qu'il boive de l'alcool de contrebande. Ils n'embêtent jamais Phoenix.

J'attrape un requin en fil de fer dans le carton et j'attaque ses doigts.

Il sourit. Plus qu'un de ses sourires contrôlés, du coin de la bouche. Ça fait du bien de tirer un grand sourire à Phoenix. Cette carapace est en partie de la comédie.

« Tu lis toujours Freud ?

— Ouais. C'est profond. Les gens le mettent en doute maintenant. Mais c'est un fait qu'on ne peut pas éliminer. Au bout du compte, toutes les bouffonneries de l'homme proviennent du désir sexuel. »

Alors qu'est-ce qu'il y a de sexuel lorsqu'un taxi écrase un type sur la route ? Il me répondrait sans doute que c'est simplement la version humaine de deux mâles s'affrontant pour une femelle. Ou un truc tordu dans le genre. Et cependant je ne me sens pas d'attaque pour réfuter Freud maintenant. Il n'y a pas une note que je joue, pas une pensée ou presque me traversant l'esprit, qui n'est pas teintée par mon désir pour Lotte.

Le serveur m'apporte ma Windhoek Lager. Je dois m'emparer de la bouteille avant qu'il ne la verse dans un verre.

« Désolé, dit le serveur.

— Non. C'est moi. C'est juste une manie. Je suis un peu bizarre avec la bière. »

Phoenix hausse un sourcil comme pour dire : *Pas seulement avec la bière.*

J'aime boire la bière à la bouteille. Elle a séjourné dans la bouteille, elle a voyagé dans la bouteille et elle répand en fumée son âme longtemps emprisonnée quand on la décapsule. La faire décanter dans un verre quelconque, où il y a encore des traces de savon et des fibres du torchon, ça me paraît dégueulasse. Si je n'attrape pas le serveur à temps ça m'énerve.

Le serveur me pardonne avec un grand sourire. Puis il va servir un type dont le corbeau mange des cacahuètes au creux de sa main. L'oiseau laisse le serveur complètement indifférent. Je me demande quel genre d'animal il faudrait traîner derrière soi pour effrayer les gens. Un crocodile, peut-être ?

« Quel genre de boulot à Sea Point ?

— Je préférerais ne pas en parler.

— C'est quoi la combine de Zero, cette fois ? Le jeu ? Les putains ? Le trafic de films piratés ?

— Tu es injuste envers ton vieux. Ce n'est pas un type banal. Et il t'aime.

— Il se comporte comme un trou-du-cul avec ma mère.

— Ta mère vit dans un autre monde depuis que... »

Un silence. Les choses deviennent un peu floues.

Phoenix boit une gorgée de son breuvage, puis plante ses yeux sur moi.

« Peut-être qu'il se comporte comme un trou-du-cul pour dissiper la douleur. »

Mon regard va se perdre sur le marché.

« Parfois, j'ai envie de le tuer. »

Un autre silence. Les stands du marché tanguent comme des bateaux amarrés dans le port. Les bâches claquent dans le vent. La bande des garçons du bus londonien est assemblée devant mon stand. Buyu, très animé et les yeux écarquillés, raconte une histoire qu'il agrémente en faisant tourner ses mains comme des moulins à vent et en dansant d'un pied sur l'autre. Les garçons du bus rient de ses pitreries.

« C'est qui, ce garçon ?

— C'est Buyu. Il est de Tanzanie. Je roulais sur la Vespa que mon vieux m'a dégotée. J'ai envoyé valser le gamin dans le caniveau.

— La chance. »

Une pause. Un point d'interrogation.

Et puis je pige.

« *Ja*. Une chance qu'il ait survécu. Mais n'en parle pas à mon vieux.

— Alors tu le dorlotes maintenant.

— Non. Je l'ai engagé. Il touche une part sur les bénéfices.

— Il y a quelques jours encore, tu étais assis à ton bureau en train de rêvasser et d'écrire des poèmes au lieu de finir ta thèse... et maintenant tu engages des gens, et tu parles déjà le jargon. »

Pour quelqu'un qui a vécu en parasite pendant des années, je le trouve bien cynique en ce qui concerne l'abandon de ma thèse. Il s'arrange pour gagner sa vie simplement en suivant mon père comme son ombre et en déplaçant des caisses ici et là.

Je vois la Benz de mon père sur le parking. Elle est en plein soleil.

« Comment les langoustines supportent le soleil ?

— Elles sont enveloppées dans du papier journal mouillé. »

Je pense à leur sort. Un voyage dans un coffre brûlant. Ensuite, elles sont passées sous un robinet d'eau froide. C'est l'absence de sel qui les tue. Tout comme j'ai imaginé que l'absence de bars de jazz et de cinémas d'art et d'essai dans cette ville allait me tuer. Il se trouve que je survis très bien sans jazz et sans films. Il y a du jazz dans les bruits du marché. Et à présent j'ai un film qui défile dans ma tête : un film de Lotte nue et pâle sous la lune. C'est l'idée qu'elle me file entre les doigts qui me tue.

Phoenix pose la flasque et plonge la main dans sa poche.

« C'est de la part de ton vieux. Il veut que tu l'aies. Et il m'a demandé de te dire qu'il y avait un type qui occupait ta chambre.

— Qui ça ?

— Un Zimbabwéen. Il a sauvé la vie de ton père hier. Un gamin complètement cinglé a voulu le poignarder dans Long Street. »

Mon cœur se met à battre un *ta-toum ta-toum* iambique. Le marché devient flou.

J'entends les boules zen qui s'entrechoquent en même temps que Phoenix perd ses contours. De sa main libre, il ébouriffe mes cheveux.

« Du calme. Il n'a pas une égratignure. Avoue que c'est un peu ironique tout de même pour un homme qui se balade rarement seul ces temps-ci. »

Le cadeau est une sculpture d'une femme en ivoire. J'hésite un peu. Elle est magnifique, mais peut-être qu'un éléphant a été abattu à cause d'elle. Je l'ai souvent sortie du tiroir de son bureau et tenue, fraîche, dans la paume de ma main. Il m'a dit un jour que c'était de l'ivoire de morse et qu'on pouvait le voir aux craquelures, mais j'en doute. Elle est taboue, mais trop belle pour être brûlée comme les défenses d'éléphants braconnés dans ce pays.

Je la glisse dans ma poche. J'entends le briquet Bic cogner contre l'ivoire. Je la mets dans l'autre poche.

Puis je dessine sur une serviette en papier une tête de requin.

« Tu reconnais ce logo ?

— Ce sont des types de Gansbaai.

— Les chiens errants disparaissent dans cette ville. Les garçons qui sont devant mon stand ont vu des types piquer un chien et le charger dans un Freelander qui porte ce logo.

— Il se passe de drôles de trucs en ce moment. Je vais voir ce que je peux faire, mais j'ai un autre boulot après Sea Point. À Bloem.

— Et pas seulement des chiens errants. Un vieux prêtre a perdu son vieux chien sourd. La bête est peut-être morte à l'heure qu'il est. Je crois que je vais faire un tour à Vespa.

— Je te conseille de ne pas énerver les types de Gansbaai. Il y a une longue tradition de piraterie là-bas. Et ne te laisse pas avoir par la couleur de leur peau. Ils sont peut-être Blancs, mais ils te couperaient en morceaux. »

Il inscrit des chiffres sur un ticket de caisse.

« Mon portable. Tu m'appelles si tu as besoin d'un coup de main. »

Il fait signe au serveur.

« Tu es d'où ?

— Moi ? Je suis du Zimbabwe.

— Bulawayo ?
— Oui, monsieur.
— Tu faisais quoi là-bas ?
— J'étais professeur. »

J'entends les boules Baoding s'entrechoquer, ce qui signifie que Phoenix est légèrement surpris.

« J'espère que ton pays va aller mieux », dit-il au serveur.

Phoenix donne un pourboire extravagant.

Le Zimbabwéen repart dans une démarche sautillante.

« C'est bizarre, me dit Phoenix. Pas seulement le fait qu'un professeur m'appelle *moi* monsieur… mais le type dont je te parlais, celui qui a sauvé ton père… »

Il range les boules dans sa poche et en ressort les clés de la Benz.

« … il est professeur, lui aussi. Tu vois ? »

Il dit ça comme s'il s'agissait de la preuve décisive de sa théorie sur le monde.

J'avale d'un trait le reste de ma Windhoek.

Il se lève et j'en fais autant pour lui serrer la main. Ce n'est pas simplement parce que mon père m'a appris à le faire. Phoenix a quelque chose en lui qui vous oblige à vous lever.

Je le suis jusqu'au bout de la place du marché et je reste là (près du marchand de fruits qui jongle avec ses oranges) pendant qu'il se faufile entre les voitures garées jusqu'à la Benz de Zero. Il baisse toutes les vitres pour laisser l'air frais passer à travers. Il met deux doigts devant ses yeux pour me faire signe de regarder, puis pointe un doigt vers la mer. Je parcours la mer du regard. La coque convexe du dos d'une baleine. Son souffle se transforme en vapeur et puis disparaît sur le bleu.

Je ressens une excitation intense, primitive. Je cours jusqu'au mur blanc et bas, entre le macadam et la plage. Je me penche à l'à-pic, vers le vieux port. Je vois le professeur debout sur la jetée. La baleine fait sortir une des nageoires de sa queue comme si elle disait adieu au professeur. Il tourne la tête, plisse les yeux (vers moi ?), avant de retomber sur son siège. J'ai l'impression qu'il se moquait de moi : *Coque convexe ? Pourquoi ne peux-tu pas voir le monde sans le transformer immédiatement en une métaphore ?*

C'est seulement maintenant que retentit la corne du type qui surveille les baleines, et les touristes abandonnent leur place dans la queue devant la camionnette rose du marchand de glaces, laissent tomber la chasse aux curiosités sur le marché, renoncent à leurs *fish and chips* sur la terrasse du Burgundy pour venir se masser près du mur.

Je me tourne pour saluer Phoenix. Mais il est déjà parti.

Je me sens seul au monde au milieu de cette cacophonie de langues étrangères.

32

Sea Point, Le Cap. Crépuscule.

Sur le front de mer, un petit orchestre de vieillards essoufflés, aux joues flétries, assis dans des fauteuils, joue au ralenti un air de Dixieland. Un type qui a l'air fou les dirige d'une baguette frénétique. Une unique dent de vampire saille de sa mâchoire.

Zero, Canada Dry et Dove Bait traversent la route à la Reservoir Dogs : une démarche qui swingue, jazzy.

Jabulani suit, quelques pas en arrière, comme les vieux qui n'arrivent pas à suivre le rythme imprimé par le vampire.

Un peu plus loin encore, Phoenix avance, guettant du regard des tirs qu'ils n'auraient pas prévus.

Devant la porte, un clochard fait tinter des pièces dans une boîte en fer-blanc. Les pièces chantent du Nick Cave : *Where do carp dart ? Where do carp dart ?*

Zero plonge les mains dans ses poches et jette une pièce dans la boîte en fer-blanc.

Le clochard prédit à Zero une multitude de vierges comme s'il partait pour le *jihad*. Zero rit. Et jette une autre pièce.

Dans le hall obscur, une putain ourle des lèvres peinturlurées et soulève sa jupe pour révéler un peu de peau secrète.

Dove Bait est immédiatement sous le charme.

Zero lui pince l'oreille.

« Concentre-toi, mec. Tu vas nous faire tuer si tes yeux s'égarent. »

L'ascenseur sent la pisse et le liquide nettoyant. Zero bloque la porte jusqu'à ce que Phoenix les ait rejoints. Phoenix sort une Uzi de son sac de sport. Le Colt de Zero fait l'effet d'un pistolet à bouchon, comparé à ce petit démon qui crache le feu.

« On ne tire pas pour tuer, prévient Zero. On entre. On leur donne une bonne leçon. On leur fait sentir leur douleur, mais on les laisse en vie. S'ils meurent, ils apprennent que dalle. »

Dove Bait hoche la tête, en signe d'admiration pour la logique puissante de Zero.

Canada Dry préfère plaisanter :

« Oui, monsieur. Je peux nettoyer le tableau noir après la classe, monsieur ?

— Mais c'est un peu radical. Il devrait y avoir un autre moyen, plaide Jabulani.

— Hé, prof, c'est ce qu'*ils* font qui est radical, insiste Zero. Il n'est pas simplement question de couper un poisson en deux et de le jeter dans une poêle pendant que le cœur bat encore. Ni d'enfermer un chien dans une cage à oiseau ou de trancher un aileron à un requin pour la soupe. Les singes sont presque *humains.* »

Son pouce et son index, à cinq centimètres du nez de Jabulani, donnent la mesure du presque.

« Mais leur tirer…

— C'est comme ça qu'on traite les bouffeurs de singe.

— Pourquoi ne pas prévenir la police ? »

Canada Dry et Dove Bait éclatent de rire et secouent la tête comme s'il s'agissait d'une bonne blague.

« On doit faire régner la loi nous-mêmes. C'est la guerre, et la police est aussi larguée que les Américains au Vietnam.

— Mais ce n'est pas ta guerre. Qu'est-ce que ça peut bien avoir à faire avec toi ? Avec ta femme ou ton fils ?

— Quand ils font du mal à un animal ou à un enfant, c'est à moi qu'ils font du mal. Je le sens au plus profond de mes os. Et donc c'est ma guerre. Tu piges ? »

Il tend un pistolet à Jabulani.

« Je n'ai jamais touché un pistolet de ma vie. Je suis contre la violence. »

Jabulani ne confesse pas qu'il a tenté de tuer un mouton évanoui à coups de caillou.

« J'ai toujours dit à mes étudiants…

— Toi et Gandhi. Et ils ont fini par le tuer. Mais Mandela a approuvé la violence quand il n'y avait pas d'autre solution. Et, malheureusement, il y a des hommes qui ne comprennent que ce langage. »

Le tintement de la porte de l'ascenseur met fin au dialogue. De nouveau, Jabulani reste en arrière.

Zero s'arrête devant la porte n° 113 et, comme un soldat américain au Vietnam, fait signe à Jabulani de se dépêcher.

Derrière la porte, ils entendent les hommes rire et plaisanter dans un dialecte étranger aux accents mélodieux.

Juchée sur le linteau, une salamandre fixe un papillon de nuit qui trace frénétiquement son orbite autour d'une ampoule électrique.

Sur un signe de tête de Zero, Canada Dry recule de quelques pas. Zero et Dove Bait tirent leurs pistolets de leurs poches. Phoenix lève son Uzi.

La salamandre se précipite sur le papillon. Les ailes continuent de battre dans la mâchoire qui se referme.

Canada Dry se rue sur la porte comme un pilier de rugby décidé à percer la ligne adverse. La porte craque, et Canada Dry déboule dans la scène suivante.

« On ne bouge plus », crie Zero.

Il balance son Colt à droite et à gauche, comme s'il était un marine devant la caméra.

Les yeux s'écarquillent, les bouches invoquent des dieux païens, les mains s'agitent en tous sens quand les balles se mettent à siffler au-dessus de la table où trône cette chose horrible.

Un bouffeur de singe sort un pistolet Black Star et le pointe sur Jabulani.

Jabulani met les mains en l'air.

Zero tire une balle dans le cou du bouffeur de singe. Le Black Star tombe de sa main, et le sang se met à gicler comme des aigrettes de pissenlit soufflées par le vent.

Canada Dry, toujours par terre, rampe vers le Black Star.

Le bouffeur de singe blessé tombe à genoux.

Canada Dry est enchanté de sa nouvelle acquisition : Ouah ! Un pistolet chinois !

Un autre bouffeur de singe entrouvre une porte-fenêtre et saute par-dessus la rambarde du balcon.

Un silence au moment où tous les personnages s'immobilisent (Jabulani a toujours les mains en l'air). La bande-son s'arrête. Dans tous les regards qui fixent la silhouette comique oscillant sur la rambarde on lit une camaraderie qui n'est pas indiquée dans le scénario.

Et la silhouette disparaît, et ils tressaillent tous en attendant le hurlement de cinéma de rigueur : ...

Pourtant le type tombe sans émettre un son.

La chose la plus curieuse dans ce silence, c'est que le singe scalpé (entouré d'une demi-douzaine de bouffeurs de singe) continue de cogiter avec le cerveau qu'ils s'apprêtaient à manger à la petite cuiller à même son crâne et il émet, à la fin de ce silence, un gémissement surnaturel.

Et les mains de Jabulani retombent, et sa colonne vertébrale s'affaisse au moment où un fondu au noir envahit l'écran de son esprit.

33

Vieux port d'Hermanus. Juste après le crépuscule.

Sur la jetée du vieux port, le professeur somnole dans un fauteuil sous un parasol décoloré par le soleil. Avec des bouts de ficelle effilochée, il a fixé le parasol à des pierres. Le livre de poche aux pages cornées qu'il a à la main a perdu sa couverture : c'est soit un petit livre, soit une partie arrachée d'un livre plus important.

Les aboiements de Moonfleet le réveillent.

Il me regarde avec un air renfrogné.

« C'est toi.

— Oui. C'est une nouvelle, ce que vous lisez.

— Sèche comme un os.

— Hemingway ?

— Camus. *L'Étranger*.

— C'est une lacune dans mes lectures.

— En gros : un Blanc descend un Arabe. »

Je me souviens d'avoir été envoyé dans une école chic pour les Blancs au Cap quand nous sommes rentrés d'Amsterdam. En théorie, l'apartheid avait pris fin deux ans auparavant (depuis la libération de Mandela en

1990), mais les autres garçons de l'école ne cessaient de me dévisager. J'étais un extraterrestre pour eux. Mon nom ne collait pas. Il n'y avait pas de case dans leurs têtes pour un demi-juif et demi-musulman. Dans la cour de récréation, ils me traitaient de sale Arabe. Sur la piste du stade, je les avais laissés loin derrière moi. Je leur avais cloué le bec. Mais, dans la cour de récréation, le harcèlement a continué pendant deux ans encore, jusqu'à ce que Mandela soit élu.

« Alors pourquoi il a tué cet Arabe. Vengeance ?

— Pas par vengeance. Ni pour aucune sorte de rancœur. Il ne haïssait personne. Et il n'aimait personne. Cet Arabe était par hasard sur la plage au même moment.

— Ce n'est pas vraiment un crime.

— Ça arrivait aux Noirs en Afrique du Sud, il n'y a pas si longtemps.

— Alors il l'a tué de sang-froid ?

— Non. Le soleil lui a foutu la tête de travers.

— Vous ne pouvez pas rendre le soleil responsable. »

Il regarde fixement au-delà de moi, et je me rends compte qu'il est en train de se souvenir, une fois encore, de la façon dont la mer a emporté sa femme.

J'ai l'impression de l'avoir perdu, mais il dit :

« C'était pourtant le soleil qui a illuminé cette fille pour toi ? »

Je suis scié. Il m'a vu la voir. Comment fait il pour se déplacer sans être vu sur ce chemin ? Pour traverser le *bundu* d'asclépiades comme un singe-araignée ?

« Je serais tombé amoureux d'elle de toute façon.

— C'est une fille comme une autre. Le soleil t'a trompé.

— Elle est belle. Pas de manière artificielle comme les filles des films, mais naturellement.

— Tu aimes ce mot. *Belle*. Une belle fille. Un beau chien. Ça veut dire quoi, beau ? Quels sont tes critères ? Est-ce que la vie entière n'est pas belle ? Est-ce que le Zimbabwéen qu'ils ont tué n'était pas beau ? Est-ce que mon visage buriné par le soleil n'est pas beau ? Pourquoi as-tu besoin d'étiqueter les choses ? C'est bien. C'est mal. C'est beau. Ce n'est pas beau.

— Mais vous voyez bien que c'est un ange. Sa peau est immaculée. »

Il se trouve que j'ai en tête la peau laiteuse, protégée du soleil, de ses seins.

Il rit.

« Et ses yeux sont magiques. Ils ont une couleur sublime, ce bleu-vert de lagon. Je crois qu'on dit vert émeraude.

— Vert émeraude est plus vert que bleu. Tu es plus arabe que juif ?

— Mon père est moitié malais, moitié cubain. Ma mère est juive. »

Je me perds dans une rêverie. Je me souviens du jour où Miriam a tiré avec le Colt de Zero pour chasser des babouins attirés par notre pique-nique sur la place de Noordhoek. Le coup de feu a effrayé un cheval qui a désarçonné son cavalier. Et je m'étais dit : Cela ne pourrait pas arriver à Amsterdam.

« Tout ce que je vois, c'est une fille. Ou un homme mort. Pourquoi dire d'elle que c'est un ange ? Ou de lui que c'est un réfugié ? »

Ce vieux professeur devait décontenancer tous ses étudiants. J'ai envie de lui dire qu'on met des étiquettes pour se débrouiller… mais ça me ferait ressembler à mon père, non ? Pourtant, il est difficile de nier le fait que les étiquettes sont pratiques. Mon père est *coloured*. Je le suis aussi. À peine un peu moins, si ces choses peuvent être mesurées.

Je me souviens d'avoir appris à l'école qu'une manière horrible, dans Le Cap d'autrefois, pour déterminer si un homme était *coloured* ou non, c'était de mettre un crayon dans ses cheveux. Si le crayon tombait quand il secouait la tête, il ne l'était pas.

« Ils l'ont condamné ensuite ? Le type qui a tué l'Arabe ?

— Ils l'ont condamné, à la fin, pour ne pas avoir pleuré quand sa mère est morte. Et pour avoir mis du lait dans son café. C'est ce qui est vraiment tordu dans ce monde. Ils vont vous punir pour des trucs pris au hasard, qui ne riment à rien. Pour la couleur de votre peau. Parce que vous êtes gay. Parce que vous êtes du Zimbabwe. »

Je reste là à me demander si je vais pleurer aux funérailles de ma mère.

34

Le Cap. Nuit.

Jabulani examine les objets dans la chambre de Jerusalem. Un fossile de ce qui ressemble à un oursin. Une batte de cricket. Une vieille guitare, au bord patiné par des années à jouer dessus. Une rangée de livres : *Des souris et des hommes* de Steinbeck, *L'Étranger* de Camus (aucun signe qu'il l'ait lu), *Le Vieil Homme et la Mer* d'Hemingway (une première édition de 1954 avec une plume de pintade à l'intérieur), *Pleure, ô pays bien-aimé* de Paton (un vieil exemplaire volé dans une bibliothèque d'école), *Le Pleureur* de Mda (pages gondolées après être tombées dans l'eau… peut-être la piscine ou la mer) et (forcément) *Disgrâce* de Coetzee (fines craquelures dans le dos).

Aucun livre de Sud-Américains ni d'Indiens. Peut-être qu'il les a emportés avec lui dans cette petite ville au bord de la mer. Il trouve curieux que les livres ne comportent pas la moindre annotation… ils sont simplement jaunis par le temps et parfumés de poussière.

*

Zero, Canada Dry, Dove Bait et Jabulani étudient une carte sur la table de la cuisine. Une multitude de verres racontent l'histoire d'une longue nuit.

Phoenix regarde par la fenêtre Miriam en train de faire des mouvements de tai-chi au clair de lune. Elle danse au milieu de sa colonie de nains avec un invisible amant venteux. Les nains sourient de le voir soulever sa jupe. Ils sourient du sourire qu'il fait naître sur ses lèvres. Ils sourient à la vue du serpent fantôme jaune (le souvenir d'un tuyau) se tortillant à travers le jardin jusqu'à la piscine vide.

« Les filles se font prendre par les *gumagumas* à la frontière. »

Le doigt de Zero se déplace vers le sud, de la province du Limpopo à Bloemfontein dans l'ancien État libre d'Orange.

« Et elles finissent dans un bordel ou bien sont vendues comme femmes de ménage. Il ne reste plus la moindre trace d'une fille comme ça. Elle peut disparaître sans que nul ne s'en soucie le moins du monde. »

Il souffle entre ses lèvres. *Pouf.*

« Mon pote à Polokwane a pris ces photos. »

Il étale les clichés d'une fille ligotée dans une Cherokee.

« Hier après-midi seulement. Fausse plaque d'immatriculation. Mais regardez un peu ça. »

Zero prend une photo floue qu'il a exagérément agrandie. Une partie du logo flou d'un garage : TOLK-.

« Folk ? interroge Jabulani.

— Non. *Tolk.*

— Il se trouve qu'il n'y a qu'un garage dont le nom commence par Tolk- dans cette région. Tolkien Jeeps à

Bloemfontein. Et ils n'ont que deux Jeep Cherokee dans leurs registres. L'une appartient à un boucher. L'autre à un fermier. L'un d'eux doit être notre homme. J'imagine que c'est le fermier. La boucherie est dans la ville de Bloem. Trop compliqué pour y cacher une fille. Et puis le boucher n'est jamais le méchant dans un roman policier. Trop vulgaire. »

Ils rient, sauf Jabulani et Phoenix.

« C'est ta guerre aussi, ça ? dit Jabulani sur un ton provocateur.

— Tu apprends vite, professeur », réplique Zero en riant.

Il se concentre de nouveau sur la carte.

« Il faut que je trouve un moyen de localiser cette ferme. »

Jabulani examine le rose vif de la cicatrice en V sur sa main.

« Et cette histoire dont je vous ai parlé, les gars ? Le Cow-Boy Fantôme et Jonas, et cette fille dans la plantation de marijuana ?

— Il faut que je délivre cette fille. On ira cette nuit. Et on trouvera le moyen d'attraper ton Cow-Boy Fantôme. Il faut retrouver le crâne de bœuf sur le poteau.

— Quel crâne de bœuf ? demande Dove Bait.

— Raconte, dit Zero à Jabulani.

— Le crâne de bœuf au sommet d'un poteau marque l'entrée de la plantation de marijuana où j'ai été en captivité. Il n'y a pas d'autre signe. »

Jabulani se demande si elle a survécu, la fille pour qui il a dû hurler à quatre pattes. Il se demande si le cadavre d'un autre Zimbabwéen a été jeté de l'arrière du pick-up dans la mare aux crocodiles. Il se demande s'ils jouent toujours au football au crépuscule et si le vieux Jonas tranche encore à la machette des pastèques pour adoucir leur triste sort. Et s'il pense que Jabulani l'a oublié.

Il va marcher dans le jardin argenté sous la lune. La chatte de Miriam fonce sur lui. Elle frotte sa fourrure de léopard contre ses tibias, comme le faisait son chat à lui. Il ramasse la chatte et passe ses doigts dans sa fourrure. Elle tourne vers lui des yeux turquoise.

Miriam abandonne sa danse. Elle voit à présent cet étranger jusque-là invisible à travers les yeux de sa chatte.

« Vous aimez les chats, murmure-t-elle.

— J'en ai jamais vu un comme ça.

— Elle vient du Bengale. C'est une étrangère.

— Comme moi, sourit Jabulani.

— D'où venez-vous ?

— Du Zimbabwe.

— Je n'ai pas peur de vous.

— C'est bien. Tout ce que je veux, c'est gagner de l'argent pour l'envoyer à ma femme et à mes enfants.

— Vous avez des enfants ?

— Un fils et une fille. Encore à l'école. J'ai cru comprendre que vous avez un fils.

— J'avais une fille. »

Jabulani a l'impression de marcher de nouveau en équilibre sur cette poutre maîtresse.

« Je suis désolé… Que lui est-il arrivé ? »

Elle recule, froissant sa jupe dans son poing jusqu'à ce qu'elle ne couvre plus que ses hanches.

« Pourquoi ?

— Désolé. »

Elle est secouée d'un rire éploré et se balance sur ses talons. Elle relève ses cheveux de sa main libre.

Il laisse la chatte glisser sur l'herbe et il la prend dans ses bras.

Elle tressaille. Au bout d'un moment, elle relâche ses cheveux.

Depuis la fenêtre, Phoenix observe un Zimbabwéen égaré serrer dans ses bras une juive désenchantée : deux âmes solitaires, exilées, se serrant l'une contre l'autre dans un monde dur et blessant.

35

Hermanus. Après minuit.

Buyu et moi marchons sur le chemin de la falaise en direction de la maison de Lotte.

La mer est étrangement calme.

Il y a une touche d'indigo dans le ciel sans mouettes. Et la lune est suspendue comme une perle à la queue recourbée de la constellation du Scorpion.

La souche encore à vif du frangipanier dans son jardin est la preuve empirique que je n'ai pas rêvé.

Il y a un risque de voir les gens du coin signaler à la police deux individus louches traînant devant son mur, mais nous nous y asseyons tout de même, nos pieds se balançant dans le vide, avec des airs supérieurs de chats sauvages.

Je plaque quelques accords. Je vois son ombre glisser derrière les voilages blancs. Puis, pendant un long moment, plus aucun signe d'elle.

Buyu s'allonge sur le mur et fixe les étoiles.

Je continue à jouer jusqu'à ce que je fasse revenir son ombre. Cette fois, elle reste et se met à onduler. Lotte balançant subtilement les hanches au rythme de ma musique ? Ou bien une légère brise faisant glisser les rideaux ?

Buyu s'endort, les yeux blancs sous les paupières entrouvertes, les pieds agités comme ceux d'un chien qui rêve.

Entre deux airs, j'entends une chouette pousser son cri, le vrombissement des moustiques et le léger ronflement de la respiration de Buyu qui couvrent le faible soupir de la marée basse.

Les lumières viennent de s'éteindre dans la maison. Pendant un long moment, tout est sombre derrière les rideaux. Je suis sur le point d'abandonner cette vaine sérénade et de secouer Buyu quand les rideaux s'écartent, de quelques centimètres seulement, peut-être trente.

Nue au clair de lune, elle est un ange entre deux vastes ailes blanches.

Pardonnez-moi si ça vous agace, ô professeur, mais voilà ce que j'appelle beau.

36

Bloemfontein. Après-midi.

Une Benz vert céladon traverse au ralenti la petite ville.

Zero tape les paumes de ses mains contre le volant au rythme d'une chanson de Midnight Oil.

Phoenix est à la place du mort, un masque stoïque sur le visage.

Canada Dry et Jabulani sont assis à l'arrière. Canada Dry fait tourner un revolver sur son index. De temps en temps, il vise au hasard un chien, un oiseau sur un fil électrique, en lâchant un *pan-pan, pan-pan.*

Dove Bait, ils l'ont laissé au Cap pour veiller sur Miriam, son chat traqueur de rats et ses nains insouciants. De toute façon, il perdrait la tête avec les jeunes filles.

Zero s'arrête à un pâté de maisons de la boutique que possède le boucher à la Cherokee. Il entre pour acheter des *boerewors.*

Le boucher est en train de tailler un mouton en fines côtelettes à l'aide d'une scie qui gémit en découpant les os, puis chuchote en glissant dans la chair, puis gémit, puis chuchote. Il arrête de scier, essuie le sang qui tache ses mains.

« *Middag.*

— Bon après-midi. C'est une belle Jeep que vous avez là.

— *Ja.* On en a quelques-unes comme ça par ici.

— Ah bon.

— Vous désirez quelque chose ?

— Des *boerewors*. Deux chapelets.

— Vous les voulez épicées ?

— Épicées, c'est bien. »

Le boucher emballe les *boerewors* dans du papier brun. Il calcule le montant en griffonnant avec un stylo sur le papier.

Zero lui tend quelques billets. La clochette de la caisse est un son tout droit venu de l'enfance de Zero. Cet endroit est une faille dans le temps. Papier tue-mouches jaune tournicotant depuis le plafond. Ventilateur sur pied pivotant avec un bruit de ferraille. Une pin-up *Scope*, petite Blanche en bikini avec des gros seins. Johnny Cash à la radio.

Rien n'indique que c'est l'Afrique du Sud post-apartheid, en dehors d'une photo un peu passée d'un Mandela souriant dans un maillot des Springboks (boutonné jusqu'en haut, pas très décontracté), après la victoire des Boks contre les All Blacks en 1995… un an après la libération. Et puis le fait aussi qu'il ait été servi, lui, un *coloured*, par un boucher qui n'a pas bronché.

« Ce match a été gagné de justesse, hein ? commente Zero, en hochant la tête en direction de la photo de Mandela.

— *Ja.* Vous l'avez vu ?

— J'étais à l'étranger. Je l'ai vu dans un pub irlandais à Amsterdam, rempli de ces foutus *rooineks*. Ils étaient tous pour les All Blacks. Personne n'était pour nous à l'époque, hein ?

— *Ja*. Le monde entier était contre nous.

— Quand le ballon est passé entre les poteaux, j'ai versé ce qui me restait de bière sur ma tête et je suis sorti pour aller danser la gigue sur les bords de l'Amstel. »

Le boucher rit.

« Vous ne voudriez pas me vendre votre Jeep, par hasard ?

— Non. Mais il y a un fermier, sa ferme s'appelle Jakkalspan. Sa Jeep est toute rayée et cabossée. Je me demande bien où il peut aller avec cet engin. Peut-être qu'il accepterait de vous la vendre.

— Comment je peux le trouver, ce fermier ?

— Ici. Je vais vous dessiner le chemin.

— Vous ne pouvez pas lui téléphoner ?

— Il n'a pas le téléphone. Il est un peu comme ces termites indiens qui se cachent dans des grottes. »

Zero sourit en entendant l'erreur sur ermite. Il faudra qu'il raconte ça à Jero. Il va mourir de rire.

Dans un 7-Eleven, ils achètent des petits pains et des tomates.

À la sortie de la ville, ils prennent une route défoncée. Ils dépassent une femme aux larges hanches, un bébé emmailloté sur le dos et un bidon d'eau en plastique sur la tête.

Plus loin, ils passent devant quelques cabanes en zinc regroupées à l'ombre d'une série d'eucalyptus. Du linge coloré est suspendu sur des barbelés, et de la fumée s'élève d'un feu. Des garçons jouent pieds nus au football avec une balle de tennis. Les filles jouent à une sorte de marelle, en sautant à cloche-pied avec le talon dans la main opposée. Paradoxalement, il y a une ambiance de vacances, comme si ces gens campaient au bord de la mer et non d'une piste.

Une fille bondit à travers un trou dans la grille métallique en voyant passer la Benz et se met à courir dans leur sillage de poussière. Elle n'a aucune chance de les rattraper, mais elle court comme si elle avait un chien enragé à ses trousses.

Jabulani se dit : *Il y a quelques jours seulement, je courais à perdre haleine comme cette fille.*

Au bout d'environ un kilomètre, Zero stoppe la Benz et baisse sa vitre.

La fille les rattrape, s'arrête à quelques mètres d'eux et les observe avec un air méfiant. On ne sait jamais si les gens vont jeter des pièces ou des cailloux.

« Tu cours vite, jeune fille, dit Zero. Continue à courir comme ça et tu vas devenir une Zola Budd. »

Pour elle, un Zola Budd, c'est un taxi. Elle n'a jamais entendu parler de la fille qui courait pieds nus. Mais un taxi, ça fonce et donc elle sourit de toutes ses magnifiques dents.

Zero lui tend un billet. Elle sautille vers lui et fait une petite révérence en prenant l'argent.

« Porte-toi bien, jeune fille.

— Bonne route, monsieur. »

Ils poursuivent leur route, ne ralentissant qu'au moment où ils voient la pancarte de la ferme qu'ils cherchent : Jakkalspan. Ils roulent encore deux kilomètres jusqu'à ce qu'ils arrivent devant un pont sur une rivière. Zero gare la Benz sous un eucalyptus.

Ils font un feu avec du papier journal et du petit bois sur le sable au bord de la rivière. Ils font cuire les *boerewors* et les mangent avec les tomates et les petits pains. Ils descendent les bières Black Label qu'ils avaient dans la glacière.

Jabulani et Canada Dry sont bientôt en slip et se jettent dans la rivière.

Zero est couché sur sa chemise et il chante une chanson de Masekela diffusée à la radio à propos d'une femme qui traverse la place du marché en flottant comme un papillon. Il pense à Jero sur le marché d'Hermanus. Phoenix lui a dit que tout allait bien pour Jero. Mais il se demande ce que son fils va devenir. Il espère que devoir lutter pour sa survie lui fera abandonner ce rêve idiot d'être un jour poète. Il espère qu'il trouvera une fille bien qui ne se lassera jamais de lui. Et il espère, surtout, que Jero n'aura jamais à disperser les cendres de son propre enfant, comme lui a dû le faire.

Jabulani et Canada Dry se lancent une balle de tennis au-dessus de la surface de l'eau. Ils plongent et poussent des cris comme des écoliers jusqu'à ce que, épuisés et essoufflés, ils viennent s'allonger sur le sable.

Jabulani se remémore le coup de téléphone qu'il a donné à Bulawayo de chez Zero. Il a dû supplier les gens de l'autre côté de la route d'aller chercher Thokozile. Leur téléphone à eux était coupé depuis longtemps. Il les a entendus crier son nom. Et puis il a entendu son souffle court dans son oreille et il a imaginé son haleine chaude, aussi chaude que celle d'un chien contre sa jambe. Et il ne lui a pas parlé de la plantation de marijuana, ni du fait qu'on lui avait tiré dessus, ni de la chute du bouffeur de singe. Tout ce qu'il a dit, c'était qu'il était au Cap et que c'était d'une beauté au-delà de toute description, et qu'il avait trouvé un moyen de gagner de l'argent avec des petits boulots, et qu'il en enverrait pour Noël. Elle a sangloté, et il lui a dit qu'il l'aimait, qu'elle ne quittait jamais son esprit, qu'il faisait le serment de venir les chercher bientôt. Il est resté stoïque jusqu'au moment où il a raccroché. Et puis il est sorti dans l'obscurité et il est descendu dans la piscine vide. Il s'est couché à plat ventre au fond du bassin. Il a senti le souvenir du soleil pénétrant sa peau. Il a entendu les chiens du quartier hurler le tam-tam de leur poésie à la lune. Les bras et les pieds écartés, il a eu l'impression que ses côtes allaient se briser sous le poids de la douleur qui enserrait son âme. Pour les chauves-souris qui chassaient les papillons aveuglés par la lumière électrique, il devait ressembler à un type en chute libre dans un ciel bleu un peu pâle.

Et la langue en papier de verre du chat du Bengale léchant le sel sur son visage lui a fait lever les yeux vers Miriam qui dansait seule sous la lune. Curieusement, ça lui a rappelé autrefois, une impression de déjà-vu d'une autre vie.

Et à présent le soleil couchant est d'un rose flamboyant assez vulgaire, comme à la fin d'un film de cow-boys.

37

Hermanus.

Le temps s'efface sur le sol blanc et frais de sa maison. Une lumière sépia, diffractée, passe à travers les doigts du frangipanier coupé. La mer, sculptée par le vent, chante à mes oreilles.

Je me suis senti coupable de renvoyer Buyu à l'appartement. Mais, s'il a survécu aux *gumagumas* et aux chiens enragés, alors le chemin du vieux port n'est pas bien risqué : juste un professeur acariâtre et quelques serpents à éviter.

Il était tout feu tout flamme au marché pendant la journée entière, sautillant et faisant des affaires, pendant que je sirotais un café noir amer.

À présent, à mesure que mes yeux parcourent ses toiles, elles se transforment en plans de cinéma :

Des gouttes de sang, coulant comme du tabasco un peu visqueux, depuis les yeux d'une sirène sur ses seins et, au-delà, vers son nombril. Mais, avant qu'elles n'y arrivent, un chien errant surgit et vient les lécher.

Des pigeons blancs s'envolent d'un pubis (le sien ?) et un animal fantastique (mi-hyène, mi-diable de Tasmanie ?)

découvre des crocs pointus et les attrape dans le ciel grâce à une longue langue épouvantable.

Un vautour plonge la tête dans la carcasse d'un phoque et la ressort ensanglantée et réjouie.

Un requin passe sous une fille innocente et sans ailes nageant à la surface d'un lagon…

Je détourne les yeux pour me concentrer sur elle. Je veux me perdre en elle comme je me suis perdu dans l'univers mental de García Márquez. Je pose mon oreille dans le creux de sa hanche et j'entends des bulles gargouiller sous sa peau. Ma queue est immédiatement aussi dure qu'un os de seiche. Je la fais tourner et je soulève ses talons. Sa fleur d'amour nue apparaît timidement entre les pétales repliés. J'embrasse la fleur jusqu'à ce qu'elle s'épanouisse au point de remplir ma paume.

Je relâche ses chevilles, et les genoux s'ouvrent pour laisser apparaître une lueur rose.

*

Elle, uniquement, et ses tableaux bizarres et son frangipanier mourant. Ni chien ni chat. Pas de fleurs.

« Comment se fait-il que tu vives seule ici ?

— Ma mère est morte, il y a quelques années. Mon père ne vit pas ici. Il est professeur dans une université à New York. Je le vois pendant ses vacances d'été. Nous faisons de longues marches au bord de la mer et nous allons au Quayside Cabin manger des petites fritures. Et Al, je le vois le week-end. Entre-temps, je ne me sens pas trop seule. »

Je change de sujet pour ne pas parler d'Al.

« Et pas de fleurs, pas de chats ?

— Je veux avoir la liberté de pouvoir partir sans laisser de choses mourir derrière moi. Parfois, je passe quelques jours au Cap sur un coup de tête et je reste dans l'appartement de mon père à Hout Bay. Il donne sur le port. Si le vent souffle du large, ça pue le poisson massacré. Mais la vue est magnifique.

— J'imagine que tu dois manquer aux oiseaux et aux *dassies* quand tu es partie.

— Peut-être. Mais ils survivent. »

Et moi ? Je me demande.

« Parle-moi de tes tableaux.

— Je ne parle jamais de mes tableaux. Ce serait les déchiffrer à ta place… te dire comment les regarder. »

J'ai peur de dire quelque chose qui ne soit pas agréable et je laisse flotter ses derniers mots.

« Mais je vais te dire pourquoi j'aime l'art risqué.

— Risqué ?

— Risqué. Il occupe dans la tête un endroit caverneux, comme un repaire de requins. Et une sorte de vapeur, de fumée, en enveloppe les contours. »

Je jette un coup d'œil au tableau du requin : la mâchoire décrochée et les yeux froids et blessants.

« Et ce n'est pas ça non plus. Il n'y a pas de langage pour le dire. Ça paraît dingue…

— Non. Ce n'est pas dingue. »

Je renifle la peau derrière une oreille repliée comme un fœtus et froide au contact. Elle soupire. L'art est oublié. Je soupire aussi parce que je ne suis pas d'humeur à la suivre dans son repaire de requins pour le moment.

« C'est un rêve. Toi et moi. Un rêve magique, et pourtant il n'y a aucun avenir pour nous. Tu vois bien, non ? Je ne veux pas que tu souffres.

— Pourquoi un rêve seulement ? Ma peau sombre ?

— Tu es fou ? J'adore la couleur délicieuse de ta peau : entre la cannelle et le potiron. C'est simplement qu'Al et moi, c'est une longue histoire. Je suis tombée amoureuse de lui quand j'étais encore à l'école et lui étudiant à Wits. C'était tellement cool de rouler dans Jozi en MG décapotable avec un type plus âgé qui m'emmenait dans des cinémas d'art et d'essai et des bars branchés. »

Elle sourit en se souvenant peut-être d'une Lotte plus jeune, les cheveux au vent et excitée par le tourbillon d'un Johannesburg qui a aujourd'hui disparu. Rouler en décapotable à l'époque, c'était comme si vous aviez cherché à vous faire enlever ou à vous prendre une balle entre vos deux yeux protégés par des Ray Ban.

« C'est simplement que mon cœur ne palpite plus quand il me fait l'amour. »

Je prends un air maussade.

« Je ne l'imagine pas s'entendre avec toi comme nous nous entendons, toi et moi. Je ne le vois pas dans un cinéma d'art et d'essai.

— Il venait voir les films pour me faire plaisir. Pour me donner une preuve de son amour. Il a peut-être l'air un peu ringard, vieux jeu, en apparence. Mais il est intelligent et d'une honnêteté absolue. Et il ne m'a jamais blessée. Ça peut paraître superficiel et vulgaire, mais il a gagné beaucoup d'argent, ce qui nous permet de voyager partout, plutôt que de nous sentir piégés ici, au bout du monde. Je veux peindre le Taj Mahal et Uluru. Je veux exposer mes tableaux à Londres et à New York. Je veux vivre à Bali et mourir au Mexique. »

Lui dire que moi aussi j'ai envie de voir le monde semble grotesque à présent. J'aurais l'air gauche, emprunté.

Pourtant, je sens bien que je voudrais voir le monde d'une autre façon que la sienne. La simple musique du nom d'une ville m'attire. Je n'ai pas de plan bien arrêté pour aller voir tel ou tel monument, pour capturer tel ou tel panorama. Je ne pense pas que je prendrais de photos. Je veux simplement partir à la dérive, sans carte, dans Malacca ou Mandalay, ou encore Tombouctou, n'importe où, sentir les vibrations, siroter des bières glacées dans des cafés poussiéreux, écrire des poèmes ou tout ce qui me passe par la tête. Je gagnerais de l'argent au fur et à mesure en jouant de la guitare au coin des rues (autre mantra de Zero : *Tu ne mourras jamais de faim si tu sais jouer de la guitare*).

Je me demande si Zero a mis de l'argent de côté ou si les profits de ses combines suffisent tout juste à le faire vivre. Peut-être qu'il roule dans cette vieille Benz pas seulement parce qu'il aime ses formes carrées d'autrefois, mais parce qu'il n'a pas assez d'argent pour se payer une Z3 ou quelque chose dans le genre. Je vais peut-être hériter de la maison un jour… si les ennemis jurés de Phoenix ne le retrouvent pas et n'y mettent pas le feu. Mais cette maison déglinguée, sans vue, loin de la mer, ne se vendrait pas une fortune.

« Et moi ? Je suis juste le garçon pauvre ?

— Pas seulement. Tu es follement beau. »

Je crache littéralement un rire. Prenez bien note, ô professeur.

« Tu fais de la guitare de façon sublime. Et tu as une façon de jouer avec les mots qui est une drogue pour moi. Et cependant…

— Je vois. »

Et j'avais eu l'impudence d'imaginer que, si les étoiles s'alignaient différemment pour nous, si une pièce retombait pile plutôt que face, si l'influence de la lune se faisait plus forte…

38

Une ferme quelque part à la périphérie de Bloemfontein.

Les lumières de la ferme projettent une lueur jaune au sommet d'une petite colline à quelques kilomètres de là. Zero éteint les phares, et ils roulent au clair de lune. Ils abandonnent la Benz à un peu moins de deux kilomètres de la maison et continuent à pied.

Deux pick-up Isuzu sont garés dans le jardin. Un boerboel court vers eux en grognant sourdement entre ses crocs.

Phoenix lui balance immédiatement une fléchette hypodermique. Il caresse les oreilles du chien qui sombre dans le sommeil avec un air étonné.

Ils trouvent la Cherokee sale et cabossée dans le garage. TOLK-. Ces lettres ne laissent planer aucun doute.

La porte de la ferme est entrouverte.

Une télévision allumée (Paul Newman tourne en rond sur une bicyclette), et des sons étouffés montant des profondeurs.

Ils descendent sans bruit l'escalier sombre qui mène à la cave. À présent, ils entendent un gémissement, suivi par des rires d'hommes. Phoenix s'avance, tel un lézard, en direction de la lumière au bas de l'escalier.

Une bouteille de sherry Old Brown passe de main en main. Trois hommes debout autour d'une fille aux yeux fous, un mouchoir fourré dans la bouche. Elle est sur la pointe des pieds, les mains attachées au-dessus de la tête à un crochet fixé au plafond. Sa robe déchirée pend comme la peau d'une mue autour de ses hanches. Une autre fille, tête baissée, est attachée sur une chaise en bois dans le coin. Elle est nue de la tête aux pieds.

L'alcool émousse les sens des trois hommes, mais la fille suspendue le voit et son regard s'illumine.

Phoenix lui fait signe de ne pas bouger. Puis il embouche la sarbacane.

Un des types donne une claque sur son mollet, croyant qu'il vient d'être piqué par une guêpe sans doute. Sa main est couverte de sang quand il la relève. Il est étonné de voir la fléchette saillir. Le monde est déjà en train de chavirer quand il pige et se retourne. Il s'effondre.

Zero est au pied de l'escalier, son Colt braqué sur les deux autres hommes.

« Mains en l'air, les gars ! »

Un des deux tente stupidement de saisir son pistolet. Zero lui tire une balle dans le pied.

Le type se met à hurler tout en sautillant sur son pied valide.

Le troisième homme plonge derrière la fille sur la chaise. Il tient une lame contre sa gorge.

C'est le moment que choisit Jabulani pour passer une tête dans la cave. Le type panique, et du sang se met à couler doucement sous la lame.

« Je vais la tuer. Putain, je vais... »

La balle de Zero lui fait sauter la tête. Le sang gicle sur le drapeau décoré d'un swastika sur le mur.

La coupure est superficielle, mais les cris de la fille font l'effet d'un concert de cigales démentes enfermées dans une boîte.

*

Zero arrache le drapeau du mur et le jette sur le cadavre.

Puis il filme la pièce avec une caméra vidéo, en zoomant sur les yeux terrorisés du fermier blessé qui ne cesse de gémir.

Zero lui dit, moqueur :

« Il va te falloir de l'imagination pour trouver une histoire qui pourra convaincre ta femme, hein ? »

Le fermier lâche un sanglot.

« Plus très cool maintenant, hein ? »

Il se trouve que le type à la fléchette est le propriétaire de la Cherokee. Ils l'attachent avec les cordes en nylon dont il s'était servi pour la fille avant de le fourrer dans le coffre de la Benz. Il marmonne un charabia incompréhensible. Ils lui fourrent le mouchoir trempé de salive dans la bouche.

Zero charge Phoenix et Jabulani de ramener les filles au Cap dans la Cherokee.

Canada Dry crève les pneus des Isuzu.

Ils laissent partir le type au pied transpercé. Il clopine sur la piste derrière les feux rouges déclinants de la Cherokee.

La seule créature vivante dans la ferme est un chien sous une achillée mille-feuille, rêvant d'attraper des taupes insaisissables. Le parfum épicé de l'achillée envahit le monde.

39

Marché d'Hermanus.

J'ai un faux sourire sur les lèvres pour Buyu et Hunter, et les touristes. Un type gay de Berlin m'achète toutes mes salamandres pour les murs de son restaurant thaï. Buyu exécute une petite danse et pousse un *yahoo*.

Je devrais être excité, mais je suis déprimé et triste. Je me sens écrasé par le poids de toute la douleur, de toute l'injustice, de tout le chagrin, qui subsistent sous la surface ordinaire des choses dans ce pays.

Je vais faire un petit tour sur le front de mer pour m'acheter une glace, mais la camionnette rose du marchand de glaces est partie. Je vais donc m'allonger sur un rocher devant le Marine Hotel, d'où je peux voir le bassin de marée en contrebas, dans le lointain. J'ai envie de planer un peu en écoutant les stridulations des sauterelles et le sifflement de la mer, mais je suis perturbé par les voix et les éclats de rire, et par les miasmes de poisson fumé, de poussière et de crottes de chien.

Le sort que Lotte avait jeté sur cette petite ville s'est dissipé pour moi. Les baleines ont disparu. Le soleil tape, décolorant et déformant tout. Bizarrement, les poissons flottent ventre à l'air à la surface du lagon. Une invasion de méduses dévaste la baie. J'entends quelques paroles d'une chanson de Buffalo Springfield (l'histoire d'un homme et d'un fusil) en provenance d'une radio.

J'ai fait sortir des anges et des djinns de ma guitare. J'ai touché ses tétons avec autant de vénération qu'un vieil homme touche les perles de son rosaire. J'ai suivi les bords de ses ailes d'ange jusqu'au bas de son dos où elles se rejoignaient presque. J'ai murmuré des mots dans son oreille jusqu'à ce qu'elle cambre les reins et qu'elle frotte ses seins contre mes côtes. J'ai senti ses ongles se planter dans ma peau. J'ai fait franchir à son cri primal la barrière de ses dents pendant que ses hanches jouaient doucement sous moi. Et, dans ma folie du milieu de l'été, j'ai pensé que je l'avais séduite. Mais elle ne le larguera pas pour moi.

Un bossu solitaire, chauve comme un clown, souffle dans sa *vuvuzela* en pets monotones. Et, entre deux coups de trompette, il prédit une marée rouge.

Je jette un caillou vers un lézard qui se réchauffe sur un rocher. Il disparaît, tout comme je disparaîtrai un jour, moi aussi. Ces rochers, ce bassin de marée, la jetée du vieux port, ils survivront bien longtemps après mon passage sur terre.

*

À midi, je confie le stand à Buyu. Je me révèle aussi peu concentré pour la vente que je l'étais pour les études.

Sur le chemin de l'appartement, je m'arrête pour regarder en contrebas le vieux port. Je ressens la délicieuse horreur du vertige à la pensée de mes os broyés sur les rochers cruels. Un simple pas en avant mettrait fin à ce rêve fantaisiste de survivre en poète dans un monde aussi impitoyable et aussi littéral, guérirait ce désir maladif pour Lotte. Je me demande ce qui me retient de sauter. Le voile ténu de mon équilibre mental peut-être.

Je m'éloigne du vide tentateur et je reprends ma marche.

Je vois une fille Xhosa au crâne rasé, seule devant la fontaine, hissant un gros bidon d'eau du genou à la hanche, puis à l'épaule. Je lui donne un coup de main pour le mettre sur la tête.

Elle articule deux syllabes timides qui sonnent comme un *O M'sieur* à mon oreille, mais qui doivent être un mot de sa langue.

Elle se déplace avec une telle grâce sous son fardeau. Le talon qui se soulève est un *O*, la plante du pied qui roule est un *M'sieur* soupiré, étiré, dans la poussière du jardin de l'église.

Je me demande combien de kilomètres elle va parcourir avec son fardeau. Je me demande si un garçon, déjà, l'a aimée.

Soudain, j'ai honte de m'abandonner si bêtement au chagrin et à la morosité quand il y a tant de beauté sur terre et quand les gens sont prêts à tout risquer pour vivre sous le soleil quelques années de plus.

*

Je roule sur ma Vespa le long de la route de Maanskynbaai, je passe devant le lagon où les poissons morts scintillent et où un aigle de mer perturbé pousse ses cris depuis les ossements blancs et lisses d'un arbre surgissant des eaux peu profondes, devant l'endroit où j'ai dérapé et où un bus rouge décoloré rêve de Londres, devant la putain à la peau d'obsidienne en jupe courte sous un parasol rose, devant la route qui mène à la brasserie, devant une autruche déplumée, jusqu'à Gansbaai, jusqu'aux algues noires qui serpentent depuis les dunes blanches. Survivantes filiformes d'un feu de *veld*.

L'image de cette fille persiste au milieu des stridulations des cigales. Invitation des lèvres rouges sous une demi-lune rose. Elle est la preuve vivante du changement radical qui s'est produit en Afrique du Sud depuis la libération de Mandela. Autrefois, le péché et la frustration étaient bien cachés, et les putains faisaient commerce de leur chair dans les ruelles sombres près des docks. Aujourd'hui, les filles qui vous donnent du bon temps vous interpellent depuis les dunes du côté de Muizenberg. Autrefois, il fallait aller jusqu'à l'aéroport pour voir les pauvres dans leurs bidonvilles caricaturaux. Aujourd'hui, on trouve des tentes sous les passerelles du centre de la ville, des cabanes sur les pentes au-dessus de Hout Bay. Et on entend des coups de feu la nuit.

Mandela a fait opérer sa magie de génie. Pendant un moment, on a connu l'euphorie, et les gens qui se tapaient dans les mains, les gens qui se mélangeaient et dansaient. Et l'argent n'était plus dans la poche des Blancs seulement. Et il n'y avait plus de limites imposées à l'ascension de qui que ce soit. Plus de lois pour vous entraver si vous étiez né Noir ou *coloured*. Mais, en dépit de sa magie, les fantômes du passé n'ont pas disparu comme par enchantement. Et, pour beaucoup de gens des bidonvilles, *liberté* n'est qu'un mot, aussi flou que le mot *ironie*.

Pour ces gens, rien n'a changé. À part la couleur de leur *chef*. Elle perce là, l'ironie.

*

L'endroit est désolé et battu par les vents. Juste une série de maisons près de la rampe de mise à l'eau. Quelques établissements autorisés à organiser les plongées en cage. Un bar ou deux, comme dans un décor de western. La Freelander est garée devant un hangar de fortune. Le vent qui vient du large siffle. Des mouettes se balancent sur les quilles de bateaux retournés. Sinon, aucun signe de vie. Pas un chien en vue.

À l'intérieur de l'établissement mal éclairé, il y a un bar, un magasin de cycles et une blonde qui feuillette un magazine. Des cadres de bicyclettes pendent comme des squelettes à des câbles distendus. Une magnifique Breezer attire mon regard. Sur une télévision à écran plat au-dessus du bar : une vidéo de requins argentés, effilés, qui passent lentement. J'imagine que la vidéo a été filmée depuis une cage. C'est comme si je regardais un aquarium avec des grands requins blancs réduits à la taille de requins de récif.

Un vieux Noir fait tourner la roue d'une bicyclette haut de gamme pour régler les rayons jusqu'à ce que la roue soit parfaitement alignée. Il chante une chanson Xhosa, saturée de *clic* et de *pop* récurrents, la langue claquant dans le creux des joues comme pour encourager un âne paresseux.

La fille se lèche le bout du doigt de temps en temps, avant de tourner une nouvelle page. Ses yeux s'arrêtent sur la photo d'une fille nue aux cheveux roux, chevauchant un cheval blanc qui galope sur une plage.

« Elle vous plaît ? » dit-elle sans lever les yeux vers moi.

J'ai envie de répondre : je n'aime qu'une fille. J'aime chaque centimètre de sa peau pâle comme un ventre de poisson. J'aime ses ailes et sa façon d'attirer les oiseaux. Et si je ne peux pas l'avoir, je me languirai d'elle à jamais.

« Elle est jolie, dis-je.

— Tenez, elle est à vous. »

Elle déchire la page du magazine et me la tend, puis continue à feuilleter d'autres mondes immobiles. Je plie la page et la mets dans ma poche.

« On ne voyait jamais des filles nues dans l'Afrique du Sud d'avant, hein ? »

Quand j'étais adolescent à Amsterdam, cela n'avait rien d'extraordinaire. Un jour, ma mère a trouvé un magazine de filles nues dans le tiroir de mon bureau. Au lieu de me sermonner, elle a pris un stylo, dessiné un bandeau sur l'œil gauche d'une fille et a remis le magazine dans le tiroir. Elle aurait pu dessiner des étoiles sur les tétons, mais elle a préféré noircir un œil. J'ai su que c'était elle parce qu'elle avait une photo de ce militaire juif Dayan avec son célèbre bandeau sur l'œil, photo qu'elle avait arrachée dans un magazine des années auparavant. Dayan était son héros, tout comme Bono était le mien. Ça m'a troublé, ce qu'elle avait fait. Et, en même temps, j'avais trop honte pour jamais pouvoir lui demander pourquoi. Des années plus tard, à l'école du Cap, une balle de hockey m'a fendu la joue sur la pommette. J'ai dessiné un *Koki* rouge sur le visage d'un de ses nains pour imiter ma blessure. Peut-être qu'à ce moment-là, avec la mort de ma sœur, elle était déjà trop loin pour voir ce qu'un trait rouge pouvait avoir affaire avec un bandeau noir.

Je me contente de hocher la tête. Zero me l'a dit. Pas de filles blanches. Uniquement de *puissants* (c'est son mot) seins de Zoulous, couverts de perles, sur des cartes postales de Durban.

« Vous voulez descendre ? » dit-elle sans lever les yeux de son magazine.

J'imagine qu'elle parle de la cage de plongée.

« J'ai un peu peur. »

Elle rit et seulement maintenant elle me gratifie d'un regard, me toisant de la tête aux pieds, en s'attardant un peu au milieu.

« Vous êtes dans la cage. Ils ne peuvent pas vous mordre. Et, s'ils essayent, les gars ont des fusils. »

Cool. Et ils seraient sans doute heureux de tirer sur un *coloured* impudent et inconnu, venu saboter leur petite affaire.

« Je suis content de l'apprendre.

— *Ja.* »

Elle me tend un prospectus couvert de photos de requins aux mâchoires béantes. Leurs yeux sont vitreux, avec ce regard distant et honteux des chiens quand on les surprend en train de pisser.

« C'est cher. Vous faites des prix quand on est du coin ?

— De quel coin ? »

Je suis à deux doigts de répondre Hermanus, mais je réfléchis et préfère tenir à distance les porteurs de flingues.

« Du Cap.

— Je peux vous faire un prix. »

Elle écrit un chiffre au crayon.

« C'est encore beaucoup pour moi. Je suis étudiant. »

Je trouve ma carte d'étudiant de UCT, au milieu des billets de la vente record de salamandres. Valable jusqu'à fin 2004.

« Ce n'est pas donné, mais c'est inoubliable, vous savez. Et, au cas où vous oublieriez, on filme une vidéo.

— Vous y allez aujourd'hui ?

— On le fait une fois par jour seulement. Sauf si la mer est démontée.

— Et on voit toujours des requins ?

— *Ja.* Mais, si jamais vous n'en voyez pas, vous revenez gratuitement le lendemain.

— Ah.

— Sting l'a fait.

— Il était sur votre bateau ?

— Non. Un autre bateau. Mais je l'ai vu. »

Tout à coup, elle a l'air découragée. Peut-être à la pensée de ne pas avoir ferré de star de cinéma et de se retrouver coincée pour toujours dans cet endroit de bout du monde.

« Et, si Sting sort en mer, vous avez un requin dans votre manche, c'est ça ? »

Je hoche la tête. C'est une évidence.

« Le problème, c'est que les requins deviennent paresseux à force d'être gavés de sardines tout le temps. Ils sont un peu ahuris.

— Mais ils chassent le phoque pour la graisse ?

— *Ja.* Mais il se passe un truc assez drôle. Ils ont l'air de s'ennuyer. Un peu comme les lions dans les cirques. Et les touristes veulent les voir devenir dingues face à l'appât.

— Alors comment vous faites ? Vous sortez moins souvent ?

— On change d'appât. Vous comprenez, ce n'est pas seulement l'odeur du sang qui attire le requin, ce sont tous les signaux produits par les frétillements.

— Les frétillements ? Vous utilisez des appâts vivants ? »

Elle se penche sur le comptoir, offrant aux regards un autre genre d'appâts assez tentants.

« N'en parlez à personne. Mais on vient de trouver l'appât idéal. Qui excite énormément les requins. »

J'imagine qu'elle excite aussi les touristes quand ils commandent au bar.

C'est donc ça le sort macabre des chiens errants. Je me demande comment ils les balancent aux requins sans que les touristes s'en aperçoivent. Peut-être qu'ils les emmènent en Zodiac à l'avance ?

Elle se raidit tout à coup et devient très formelle.

« Alors, jeune homme, on est partant ?

— Je vais y réfléchir.

— Bien sûr. Mais il faut être ici à six heures. On doit d'abord vous apprendre quelques trucs sur la plongée en cage. Il n'y a pas vraiment de risque. Mais au cas où, hein ? »

Je commande une Honey Blonde Ale bien nommée. Au moment où elle se penche sur la glacière, un moineau entre dans le bar et vole entre les cadres de bicyclettes suspendus au plafond.

Je me souviens qu'un jour, à l'école du Cap, un oiseau avait pénétré dans la cantine. Il se cognait contre les vitres, effrayé par le bruit assourdissant. Les garçons lui lançaient tout ce qui leur tombait sous la main. J'ai enlevé ma chemise et je l'ai jetée sur l'oiseau. J'ai senti l'impact des noyaux de pêche, des capsules de bouteille et des crayons sur ma peau quand je me suis dirigé vers la sortie.

Et les tremblements de peur de l'oiseau à travers le tissu. J'ai obtenu une sorte de revanche, quelques jours plus tard, en soufflant dans une bouteille de soda vide pour imiter la cloche de l'école. Comme des chiens dans un laboratoire, tous les garçons qui l'ont entendue se sont levés et, sans même regarder l'horloge, sont sortis. Les autres ont suivi jusqu'à ce que la cantine soit vide. Ils ont découvert qu'ils s'étaient fait avoir quand ils sont arrivés en classe et qu'aucun prof n'était en vue.

La bière mousse quand elle enfonce un quartier de citron dans le goulot de la bouteille, à la mexicaine. Elle enlève ce qui déborde d'un coup de langue.

« Désolée. »

Je fais un demi-sourire.

Le moineau s'envole dans la lumière aveuglante de la cour. Je le suis, les paupières plissées. Au fond de la cour, il y a un mur en tôle ondulée, peint en rose, avec quelques palmiers à l'air maladif où sont suspendus des ventilateurs jaunes. Je n'arrive pas à voir au-delà du mur.

Je sursaute au moment où un babouin me montre ses crocs en sifflant depuis l'autre bout de la cour.

La mousse de nouveau jaillit de la bouteille, et la fille rit avant de se replonger dans son magazine.

Je vois maintenant qu'il est sur un câble, grimpant en direction d'une corde à linge qui lui permet d'aller et venir. L'herbe sous la corde a fait place à de la poussière. Son cul est d'un rose obscène, de la couleur des gencives de requin.

« Gentil babouin », lui dis-je.

Il devient dingue, tirant sur son câble et exhibant ses canines. Difficile de savoir s'il flirte ou s'il est passé en mode ninja.

La fille lève la tête et me sourit. Je brandis la bouteille dans sa direction pour la saluer avant d'enfoncer le citron dans le goulot. Il flotte dans le liquide comme un fœtus un peu dentelé sur les bords, avec une colonne vertébrale jaunâtre. Je bois une rasade : citron et malt. Avec une touche de miel.

Puis j'aperçois un ballon de football à moitié dégonflé dans l'herbe. Je pose la bière et je commence à jongler avec le ballon ramolli d'un pied à l'autre. Ce n'est pas facile avec ce ballon sans vie.

Le babouin sautille sur place et balance une volée de cris.

J'envoie le ballon par-dessus le mur en tôle ondulée.

Je contourne le babouin et je saute pour attraper le bord du mur. Je grimpe un peu pour voir derrière. Je découvre une rangée de cages. Une seule contient un chien. Le chien sourd n'a pas entendu le babouin crier ni mes pieds cogner contre la tôle ondulée. Aucun signe de ce rhodésien qui léchait les coquilles de moules.

Je ne peux pas tenir plus longtemps parce que la tôle ondulée me coupe les paumes. Je m'apprête à lâcher prise quand j'entends la fille crier et, avant que je puisse tourner la tête, je suis arraché de la tôle. Je tombe lourdement dans l'herbe.

Le type qui m'a plaqué est penché au-dessus de moi, massif comme un talonneur de rugby.

« Tu cherches quoi, nom de Dieu ? »

Le souffle coupé, j'essaie de respirer et je lève une main pour demander grâce.

« Tu nous espionnes, hein ?

— Non. Non. Je suis désolé. J'ai envoyé le ballon par-dessus le mur.

— Oublie le ballon et fous le camp, tu m'entends ?

— Mais je n'ai même pas bu ma bière. »

Le type donne un coup de pied dans la bouteille. Elle éclate contre la tôle rose.

Le vieux Xhosa parvient à se faufiler dans un petit espace ouvert de la tôle ondulée. J'entends un faible aboiement. Le ballon vole au-dessus de nous.

Le talonneur le ramasse et le fend d'un coup de son couteau de poche. Le ballon lâche un dernier souffle d'air vicié. Pas besoin d'un doctorat pour comprendre le sens de ce geste.

40

Montagne de la Table, Le Cap.

Sous les pins de Kloof Nek, Zero fait sortir le fermier du coffre. Il tente de prendre la fuite, mais Canada Dry le plaque au sol.

Et Zero pointe maintenant son Colt sur sa tête.

« Tu marches le long de la piste devant nous. Tu t'en écartes, et je te descends. »

Les pierres blanches devant eux luisent au clair de lune. L'odeur des pins flotte dans l'air frais.

Le fermier avance devant eux sur la piste qui serpente, en marmonnant son charabia. Peut-être une prière ou bien une malédiction.

Zero clopine derrière lui, suivi de Canada Dry. Chaque fois que le fermier chancelle, Zero l'éperonne de la pointe de son Colt dans le bas du dos.

Tu dois te demander, se dit Zero, *comment tu as bien pu passer de la rigolade avec tes potes, à siffler du sherry, la queue dressée devant la fille que tu avais foutue à poil… à cette situation, hein, pauvre chose voûtée qui marmonne à n'en plus finir.*

Ils sont trop haut pour entendre les bruits des chantiers navals, et Canada Dry se tait. En dehors des mots étouffés du fermier et du raclement des bottes sur le sol, la nuit est silencieuse.

Zero avait pensé laisser Phoenix le jeter à la mer au bout de Shark Alley. Il se souvient de la bouffée de peur ressentie au moment où le requin l'avait attaqué et de la sensation de vacuité insupportable quand le squale avait tourné autour de lui, avant de lui arracher une demi-lune de sa chair. Le condamnant à boiter pour le restant de ses jours. Et à porter des pantalons sur ses bottes en serpent.

Mais Jerusalem aurait complètement paniqué. Même si tu lui disais que ce salaud avait violé des filles et qu'il l'avait bien cherché, Jero te ferait son petit numéro à la John Lennon. C'est un peu ironique qu'il soit aveugle à la beauté d'une justice poétique, lui qui aspire à être poète. Mais il ne s'agit pas seulement de cacher à Jerusalem un épisode sanglant. Si les requins mettaient en morceaux cet enfoiré, on ne retrouverait jamais la moindre trace du type. Il aurait disparu un beau jour, comme cette vieille dame qu'un grand requin blanc a attrapée à Fish Hoek, il y a quelques jours seulement. Dans ce cas précis, les gens l'avaient vu de leurs propres yeux, il n'était donc pas nécessaire de retrouver le cadavre pour pouvoir en faire la une de tous les journaux.

Ici, comme pour toutes ses autres expéditions punitives précédentes, ils auraient besoin de retrouver un cadavre avant que Zero puisse ressentir son frisson bien tordu en lisant l'histoire dans la presse.

Il se souvient de quelques gros titres de journaux :

LE CADAVRE D'UN MEMBRE DE LA MAFIA ROUGE RETROUVÉ DANS UNE VIEILLE MINE D'ÉTAIN

Ce type n'aurait plus jamais l'occasion de serrer un sac en plastique sur la tête d'une go-go girl.

Et hier encore : UN ASIATIQUE FAIT UNE CHUTE MORTELLE À SEA POINT

C'est en effet l'époque des chutes, pense Zero.

« Il faut que je pisse, gémit Canada Dry.

— Halte », ordonne Zero au fermier.

Avec les années qu'il a passées dans l'armée de réserve, le fermier s'arrête après deux pas. *Impossible de faire oublier l'armée à un Boer*, se dit Zero. *On voit toujours, aux informations, le fermier d'extrême droite, à cheval, et son cortège de Boers fanatiques, qui saluent le drapeau à swastika et réclament une république blanche. Il s'appelle White Earth. Sans rire. Il vient de sortir de prison pour avoir battu à mort ou presque un pompiste. Il passe quelques années en prison, et le pompiste est handicapé pour le restant de ses jours. Voilà ce qu'on appelle la justice ici. Et, pour couronner le tout, le vieux White Earth est un poète. Il sort de prison en prononçant des vers de tapette sur les jonquilles dans la brise.*

« C'est marrant, mais ils n'ont jamais besoin de pisser dans les westerns, hein ? »

La plaisanterie de Zero fait ricaner Canada Dry.

Au-dessous d'eux, les lumières du Cap clignotent comme un milliard de vers luisants. On peut voir les guirlandes électriques sur les cargos amarrés dans la baie. On peut voir jusqu'à l'arc sombre de False Bay sur la gauche et là-bas les Cape Flats sous la crête dentelée de la chaîne des Hottentots Holland à l'horizon.

Ils arrivent au Woodhead Reservoir. À partir de là, un à-pic se dessine jusqu'au ravin. Zero crache dans le vide. Ça pourrait faire l'affaire, mais il y a un risque de le voir s'accrocher dans la pente. Ce qui ralentirait sa chute et lui permettrait peut-être de survivre.

Le fermier reste silencieux, sentant bien qu'il parlerait pour rien.

Ils continuent d'avancer, et la piste devient un sentier qui passe à travers d'épais buissons de *fynbos* et entre de gros rochers. Le fermier faiblit, respirant avec difficulté.

La lune dépose une pellicule argentée sur les *fynbos*. Zero arrache une feuille duveteuse et la frotte entre ses doigts pour humer sa senteur citronnée. *Comme c'est beau*, pense Zero. *On se croirait sur une autre planète. Tout ici vous supplie de composer un poème.*

Ils continuent jusqu'à ce que le monde s'éloigne sous leurs pieds vers les lumières de Camps Bay et les pentes de la montagne des Douze Apôtres au-delà. On ne peut voir que le bord écumeux de la mer. Un rocher plat fait saillie dans le vide. Il défie les lois de la physique, ce rocher. Le Doigt de Dieu. La chute est deux fois plus longue que depuis le réservoir. Et aucun risque d'accrochage.

« Avance sur le rocher. »

Zero se souvient du jour où ils avaient pique-niqué sur ce rocher, Miriam et lui, avant la naissance de Jero et leur départ en exil. Ils avaient rempli leurs bouches de champagne et s'étaient embrassés avec des langues piquantes de bulles. Le champagne leur était monté à la tête, et il avait dansé une gigue un peu risquée sur le bord du rocher jusqu'à ce que Miriam retire son chemisier pour le faire revenir vers elle. Ils avaient senti la chaleur de toute une journée de soleil remonter du rocher sur leurs peaux nues, comme par osmose. Ils avaient eu l'impression que leur amour durerait toujours. Zero rit, un petit rire sec. *Peut-être que Jero a commencé à vivre sur ce rocher même. C'est pas de la poésie, ça ?*

« Et maintenant tu sautes. »

Le visage du fermier est blanc comme la craie contre le ciel ardoise.

« Imaginer ce vol me rappelle l'apartheid, remarque Canada Dry. Des gens qui tombaient par la fenêtre depuis des étages élevés, qui tombaient dans des escaliers, qui tombaient des échafaudages... tombaient, tombaient, tombaient. »

Il rit d'un rire narquois en pensant à ce temps révolu. Peut-être qu'il éprouve un peu de nostalgie pour une époque où l'on savait clairement qui baisait qui.

« Je vous en supplie, les gars. Vous pouvez prendre ma Cherokee. Vous pouvez prendre ma ferme. Et tous mes moutons. Hein ?

— Et comment tu veux réparer ce que tu as fait à ces filles que tu as violées ?

— C'est un péché. J'étais fou. J'avais des scorpions dans la tête.

— Des scorpions ? Tu es en train de me dire que ce n'était pas ta faute ? Tu me fais penser à ce Grec dément qui a poignardé Verwoerd parce que son ver solitaire lui avait dit de le faire. La différence, c'est que lui était un héros pour moi parce qu'il avait tué cet enfoiré de raciste. Toi, tu es vraiment un sale type.

— C'était un péché. J'ai prié Jésus dans le coffre de la voiture. Et il m'a pardonné. C'est comme si j'étais devenu un autre homme dans ce coffre.

— Brut de décoffrage, plaisante Canada Dry.

— Dommage pour toi que je ne fréquente pas beaucoup Jésus. Et, si je le faisais, je lui dirais que je ne trouve pas très cool de sa part de te laisser faire ce qui te passe par la tête. C'était un péché. Et maintenant tu en souffres. Pas pour longtemps. Pas aussi longtemps que les filles qui vont garder en tête des images de toi. Alors, tu vois, en un sens tu as de la chance. Allez, saute, mec. Sinon je te tire une balle dans le ventre… et tu tombes de toute façon.

— Tu es dingue, putain.

— Amen. »

Le fermier tourne les yeux vers l'Atlantique. L'aube donne à la mer une patine de canon de fusil. Sans doute est-ce ironique, pour un fermier qui a passé sa vie les pieds sur la terre ferme, de mourir en plein ciel au bord de la mer. Des ombres ondulent comme un tissu noir sur la montagne des Douze Apôtres : ce sont autant de jurés sombres et silencieux. Il ne perçoit aucun signe de miséricorde.

Il titube au bord du rocher jusqu'à ce que le pied de Canada Dry le fasse basculer.

41

Hermanus. Aube.

Phoenix fait ronfler le moteur d'une Cherokee qui remorque un Zodiac. Et Dove Bait est à la place du passager.

Je saute sur le siège arrière.

Je vois bien à la façon dont il fait tourner le volant avec la paume de la main qu'il a toujours l'insolence de Bahaya, le chauffeur de taxi, dans le sang.

« Salut, Phoenix. Salut, Dove Bait. Vous avez trouvé un canard en plastique ? Cool.

— Emprunté aux Hawston. »

Une réponse laconique, tout à fait dans le style de Phoenix. On pourrait croire que son mentor, c'est Clint Eastwood plutôt que Freud.

« Et la Jeep ?

— C'est une histoire un peu longue. »

Dove Bait ricane comme si c'était une bonne plaisanterie.

Phoenix tourne la tête pour lui jeter un regard de reproche. Au même instant, un « pop » retentit sous un pneu. Phoenix plisse les yeux dans le rétroviseur.

« Trou-du-cul ! Tu m'as fait écraser une tortue. »

Je n'avais encore jamais entendu Phoenix s'énerver. Quand il a écrasé le vieux Black Mamba, il avait gardé son sang-froid. Il est toujours froid et lucide.

« Pendant toutes ces années à faire le taxi, je n'ai jamais écrasé un seul chien.

— Désolé », concède Dove Bait.

Heureusement, Dove Bait sent bien que ce n'est pas le moment d'évoquer Black Mamba.

« Une tortue, ça ne ressent pas les choses comme un chien.

— Tu as déjà été dans la tête d'une tortue, c'est ça ? Ce n'est pas une putain de fleur. Elle ressent la douleur. Elle tombe amoureuse. Elle rêve peut-être. Qui peut dire de quoi elle se souvient ? Ou si elle peut envisager sa propre mort ? »

Dove Bait se contente d'ouvrir des yeux ronds sur le monde. Le sujet de conversation est un peu trop profond pour lui.

« Pauvre petite tortue », marmonne Phoenix sur un ton désapprobateur.

D'une certaine façon, la tête dure et chauve de Phoenix évoque pour moi la carapace d'une tortue, et je me sens un peu mal en repensant au son qu'elle a fait en implosant. Je baisse la vitre pour prendre l'air.

De la masse floue des *fynbos* émane une odeur de menthe. J'entends le cri de défi d'un oiseau depuis le lagon. Je pense aux garçons qui somnolent dans le bus de Londres. Soudain, le café de ma mère et la façon qu'elle avait de hanter les limbes qui séparent le rêve et l'éveil me manquent.

« Ce garçon va s'occuper de ton stand ?

— Oui. Il a besoin de gagner de l'argent pour envoyer des médicaments à sa mère. Elle est en train de mourir du sida. »

J'imagine Buyu en train de traîner une boîte de la taille d'un coffre à thé indien depuis mon appartement jusqu'au marché. Puis je pense au père de Buyu fixant le soleil qui se détache de la surface du lac Victoria et à sa mère couchée au fond du *dhow*, se languissant de son fils.

« Hé, Phoenix, tu as parlé à mon vieux du chien du prêtre ?

— Oui. Mais il devait se débarrasser de quelque chose. Il a préféré m'envoyer *celui-là* pour la balade. »

L'air dédaigneux, il bascule la tête du côté de Dove Bait, qui reste muet et garde une mine humble.

J'entends la voix de Zero dans ma tête : *Je ne laisse aucune empreinte. Aucune preuve.*

« Comment on va faire pour les suivre en mer sans les alerter ? Ils ne vont sûrement pas jeter un chien aux requins devant nous.

— J'ai un plan. On ne va pas les suivre. On va arriver à Shark Alley avant eux. On attend dans le Zodiac derrière Geyser Rock en espérant qu'ils passeront par là. Les touristes veulent voir les phoques *et* les requins. Une double séance. Ils veulent voir un requin tuer un phoque. Mais les requins vont plutôt foncer sur le chien s'il saigne. J'espère qu'ils vont répandre du sang de poisson. Plutôt que de saigner le chien.

— C'est ça, le plan ? Rester cachés derrière un rocher jusqu'à ce qu'ils le balancent par-dessus bord… en espérant qu'ils ne vont pas le saigner ?

— Et on le laisse barboter jusqu'à ce qu'on ait un aileron visible à l'écran.

— Mais c'est complètement foireux comme plan. Il est vieux, ce chien. Il va se noyer. Ou alors les requins vont le dévorer avant même qu'on puisse le récupérer.

— Un chien dans l'eau, c'est un démon. Il ne risque pas de couler comme la brindille emportée par le courant marin.

— On ne peut pas aller le sortir de sa cage maintenant ? On fonce, on tire dans le tas et…

— Il faut qu'on les prenne la main dans le sac… Sinon ça va continuer indéfiniment. Je veux tout filmer.

— Mais je *connais* ce chien.

— Tu m'as dit qu'il était vieux et sourd. Peut-être que ce serait lui rendre service… D'un autre côté, il va peut-être avoir de la chance. Tout dépend de la façon dont on va minuter le truc. Je veux régler cette affaire aujourd'hui. Ensuite j'ai un autre truc dans le Nord. Moi, Zero, Canada Dry, cet imbécile de don juan ici… et ce Zimbo dont je t'ai parlé. Nous ne serons pas ici pour Noël. J'espère que ça ira pour toi.

— Noël, ça n'a jamais vraiment compté pour nous.

— Peu importe. Appelle ta mère. Apparemment, elle est un peu moins larguée, ces jours-ci. On dirait que ce Zimbo lui a jeté un sort, un truc de vaudou, pour lui faire oublier son chagrin. »

Je me demande si le vaudou peut la guérir. Je serais prêt à tout pour voir ma mère rire de nouveau, comme elle avait ri le jour où le pied de Zero était passé à travers le plancher à Amsterdam. Elle sourit de cette manière distante, rêveuse, quand elle est avec ses nains, mais elle ne rit plus.

Et je m'interroge à propos du labrador beige. Je me demande pourquoi ils ont sacrifié ce jeune chien du port, le rhodésien, et laissé ce vieux chien invalide dans le quartier des condamnés à mort. Peut-être que le rhodésien était plus joueur, un meilleur appât pour attirer un requin dans le champ de vision de Leonardo DiCaprio. Peut-être qu'ils redoutent de voir les requins recracher le vieux parce qu'il n'a plus que la peau sur les os. Ou alors le prêtre a pu faire fonctionner son vaudou à lui. J'espère que ses prières vont permettre au labrador de flotter dans une eau à quatorze degrés, si froide qu'elle glace jusqu'aux os.

*

Rub-a-dub-dub, trois hommes dans un bateau. Et qui sont-ils, pensez-vous ? Le maître zen à la sarbacane, le tueur de ces dames et moi, tous trois flottant sur un Zodiac.

Des phoques curieux viennent glisser sous la coque ou poussent des cris dans notre direction depuis leur île.

Avec les jumelles, je vois leur Zodiac entrer dans mon champ de vision. Deux hommes et le chien. Le chien a la tête dans le vent, et ses oreilles claquent allégrement comme s'il était là pour la promenade en mer. Il ne peut pas mordre l'air comme le font les chiens, parce qu'ils lui ont attaché un bandana autour du museau.

Ils arrêtent le moteur. Je redoute qu'ils ne nous voient les observer au-delà des rochers couverts de guano, mais ils sont trop occupés à préparer le chien. Ils attachent une boule de sardines à un flotteur et le flotteur à sa queue. Ils détachent le bandana au moment où ils font glisser le chien par-dessus bord. Il coule, puis remonte à la surface : le menton dressé, les pattes de devant qui s'agitent frénétiquement, les yeux vitreux de peur. Il essaie de grimper sur le Zodiac, mais ils le repoussent à coups de rame, comme un mouton dans un bain parasiticide. Chaque coup le fait hurler avant de couler. Chaque fois, je retiens mon souffle jusqu'à ce que la tête émerge de nouveau.

À présent, le chien nage en cercle, le mouvement de ses pattes produisant les vibrations fatales. Sa queue remorque l'appât qui lâche une traînée de sang qu'un requin est capable de sentir à cinq cents mètres de distance.

« C'est une chance qu'ils ne l'aient pas saigné », chuchote Dove Bait.

Curieusement, *chance* ne me semble pas être le mot juste pour décrire la situation d'un chien sur le point d'être avalé par un requin.

De nouveau, le chien nage vers le Zodiac. Une main en visière pour se protéger du soleil levant, les types s'éloignent de lui en ramant mollement.

Phoenix tourne sa caméra d'un côté, puis de l'autre.

Tout à coup, je le vois dans mes jumelles : l'aileron qui fend l'eau bleue sans laisser de sillage derrière lui.

Je crie : « Requiiiiin ! »

Phoenix fait la mise au point.

L'eau est tellement limpide qu'on peut voir sa silhouette : une longue torpille lumineuse, à la peau argentée.

Je frissonne, horrifié.

« Allons-y, dis-je d'une voix suppliante.

— Pas encore. »

Il faut qu'il ait l'aileron et le chien dans le même cadre.

« Oublie les preuves. C'est complètement dingue ! »

Encore quelques secondes à se ronger les sangs.

Phoenix lève enfin le pouce, et Dove Bait fait démarrer le Yamaha. Nous fonçons vers l'est, la proue du Zodiac dressée sur la mer. Le requin est à l'ouest.

Les types de l'autre Zodiac partent vers le large, effrayés par la tournure des événements. Au loin, on aperçoit le hors-bord des touristes. Aujourd'hui, le Grand Requin Blanc, demain les Cinq Fauves les plus dangereux. Ou un tour dans Soweto.

Nous convergeons depuis des points opposés. La distance entre le chien et le requin est maintenant celle d'un jet de javelot peut-être. Ce requin est un démon. Il ne tourne pas en rond comme on le montre dans les films. Il fonce sur l'appât et l'écume créée par les pattes du chien. Phoenix estime que nous n'arriverons pas à temps. Il tire sur l'aileron, qui a, à cette distance, la taille d'une boîte d'allumettes.

Les types dans le Zodiac en fuite baissent la tête quand ils entendent le coup de feu retentir.

La balle a arraché un bout de son aileron, mais le requin continue sur sa trajectoire, imperturbable. Sa tête conique surgit de l'eau. Ses mâchoires ouvertes révèlent un chaos de dents effilées. Il gobe l'appât et secoue la tête, faisant tourner le chien en tous sens, comme une grosse vague joue avec la planche attachée au pied d'un surfeur. Une deuxième balle traverse l'aileron. Le requin chavire et expose son ventre blanc au ciel. Et il plonge en entraînant le chien derrière lui.

Nous passons dans le sillage teinté de rouge de l'appât. Je vois le requin qui plonge au-dessous de nous. Phoenix tire cependant un dernier coup de feu.

Dove Bait fait tourner le Zodiac sur l'eau rouge.

Le crâne chauve de Phoenix a la pâleur cireuse d'une goule. Il range son pistolet.

« Il devait faire six mètres de long, s'écrie Dove Bait. Un putain de zeppelin ! »

Le flotteur remonte à la surface.

J'écrase mes paumes sur mes yeux. Je sens la main de Phoenix passer dans mes cheveux. Puis j'entends le cri de joie de Dove Bait.

Le chien a émergé ! Sa queue saigne et répand un magenta d'une intensité aberrante. Les dents du requin l'ont coupée au ras du postérieur. Je l'attrape par son collier et je le hisse à bord. Ses pattes tremblent, puis il secoue l'eau de son pelage. Je tombe à genoux pour le serrer dans mes bras : ce vieux chien sourd, à la queue coupée. Il éternue sur mon visage et agite son bout de queue.

Pas le moindre signe du bateau de touristes ni du Zodiac.

Au loin, un autre requin attaque un phoque solitaire. Il surgit hors de l'eau et, en l'air, agite la tête pour avaler le phoque qui hurle.

Je me souviens d'une pêche avec Zero sur la jetée du port à Kalk Bay au coucher du soleil. C'était en 1994. J'avais quatorze ans. Nous étions de retour au Cap depuis deux ans. Il y avait une atmosphère de fête. Mandela était libre. Tous les espoirs étaient permis. Je lançais ma ligne côté port et Zero côté mer. Le poisson que j'avais pêché flottait au milieu des canettes de bière dans la glacière. Zero bavardait avec un autre pêcheur *coloured.* Ma ligne s'est mise à siffler. Le fil m'a entaillé la paume. Je l'ai lâchée et j'ai sucé mon sang. Le requin a fait surface, s'est retourné et a disparu. J'ai crié *Requiiiin* en direction de tous les pêcheurs qui étaient tournés vers la mer. Ils ont laissé tomber leurs cannes pour venir fixer l'eau verte, plate et huileuse. Je l'ai mesuré en pieds pour leur en donner la preuve. Onze pieds. Talon, pointe. Ils ont secoué la tête, ricané de leur rire sans dents et se sont éloignés. Zero a passé sa main dans mes cheveux et m'a dit que c'était un phoque qui avait accroché ma ligne. Ou qu'elle avait été prise dans l'hélice d'un chalutier qui sortait du port. Plus tard, ma mère et ma sœur nous ont rejoints pour une tarte au citron à l'Olympia Café. Ma mère m'a fait un clin d'œil comme pour me dire *mon rêveur mélancolique, mon poète extravagant*. J'aurais tant voulu l'avoir filmée. Seul le frottement de la plante du pied de ma sœur sur le dessus du mien m'a empêché de pleurer face à cette injustice. J'ai souri, et c'est la dernière fois, si je me souviens bien, que je l'ai regardée dans les yeux.

À présent, je vois deux autres ailerons glisser vers nous. Le clan entier est arrivé.

Je me souviens de Zero nous racontant dans ce café l'histoire d'un requin retombant sur un bateau appelé *Lucky Jim* et jetant à la mer d'un coup de queue un membre de l'équipage.

Soudain, le Zodiac paraît bien mince sous nos pieds.

42

Une ferme, à une heure du Cap. Après-midi.

Phoenix et Jabulani regardent la mosaïque des vignobles et des barrages au-dessus depuis les pentes du Simonsberg. C'est la vallée que Cecil John Rhodes considérait comme la sienne. Il a dépensé l'argent des diamants qu'il a sortis du trou de Kimberley pour racheter des fermes hollandaises jusqu'à ce que tout ce qu'ils ont sous les yeux lui appartienne. De là, il regardait vers l'Afrique et se souvenait des tours de pierre sèche d'une ville médiévale au Nord, appelée Grand Zimbabwe. Il pensait aux oiseaux sculptés dans la pierre qu'il avait volés parmi les ruines et méditait sur le mystère de la chute des empires. Il lui aurait été difficile alors d'imaginer la chute d'un autre, si vaste que le soleil ne s'y couchait jamais... empire dont il était un seigneur.

Jabulani pense à sa jeunesse dans un pays qui s'appelait la Rhodésie, d'après le nom de Rhodes. Et à la façon dont certains Blancs qui avaient gouverné ce pays avaient rejeté la théorie selon laquelle Grand Zimbabwe était l'œuvre des premiers Zimbabwéens. Ce qui donnait une idée de la radicalité de leur racisme. Il se souvient d'être allé visiter les ruines et de cligner les yeux sous un soleil éclatant pour apercevoir dans un gros rocher la forme de l'oiseau zimbabwéen. C'était (avait-il dit à Panganai et à Tendai) le pays lointain d'Ophir d'où Salomon avait tiré sa cargaison d'or. C'était l'Eldorado de l'Afrique. À l'époque, il avait une façon bien à lui de raconter des histoires : *Et pas seulement de l'or… mais de l'ivoire, des pierres précieuses, des singes et des paons. Le Zimbabwe était absolument formidable.* Et aujourd'hui ce pays était devenu la risée du monde entier.

Et Ophir n'avait peut-être jamais été en Afrique après tout, mais en Inde ou encore plus loin.

Phoenix aligne une série de canettes de bière vides sur la rive du barrage de Bonne-Espérance.

Il évalue une distance le long du parapet du barrage, l'équivalent de celle qui sépare les guichets de cricket. Il tend à Jabulani un calibre 38.

« Je t'ai dit que je n'étais pas un cow-boy. Je suis un professeur.

— Il ne s'agit pas de barbarismes, monsieur le professeur. Si ta balle ne fend pas le crâne de ce barbare de Cow-Boy Fantôme du premier coup, tu es foutu. *Capito* ? De l'histoire ancienne. »

Jabulani plisse les yeux en direction des canettes de bière. Elles se déforment dans la lumière de mirage qui s'élève depuis le sable. Le pistolet est froid contre sa cicatrice. Il tire. Du sable gicle entre les canettes. Il jette un regard timide vers Phoenix.

Mais Phoenix garde les yeux rivés sur les canettes.

Jabulani tire une deuxième fois. Cette fois, la canette vacille au moment où le sable gicle. Mais elle ne tombe pas.

Phoenix hoche la tête.

« Cette fille à la station-service Shell. Concentre-toi sur elle. »

Jabulani revoit le coup de fusil du Cow-Boy Fantôme la faire tourbillonner. Le film défile dans sa tête très lentement, quelques images par seconde. Il voit les pieds nus de Nina danser une sorte de tarentelle. Il voit le sang se répandre sur sa chemise comme des fleurs rouges en train d'éclore. Sa main fait un dernier salut si élégant qu'il serait pardonnable de croire que le Cow-Boy Fantôme vient de la lâcher à la fin d'un tango. Qu'il va peut-être reprendre Nina pour la ramener contre lui. L'autre main s'est posée sur son ventre comme pour cueillir une fleur rouge.

Cette fois, la canette s'envole. Et la suivante aussi. Et Phoenix sourit.

« On peut donc apprendre à un vieux singe à faire des grimaces. Tu as un bon œil. Tu avais seulement besoin de te concentrer. »

Jabulani sourit comme un écolier qui a obtenu une bonne note pour sa rédaction.

Phoenix s'empare d'une pêche et pèle habilement la peau en une longue spirale.

« C'est la vallée dans laquelle j'ai passé mon enfance. Mon père cueillait ce genre de pêches. Jaunes, comme ils disent. Tellement sucrées et juteuses, mec. »

Ses lèvres dessinent un sourire triste.

« Je pensais que c'était un truc du Cap, cette pêche. Aussi typique du Cap que la groseille du Cap et le *hane-*

poot. J'ai appris entre-temps dans les livres que les pêches viennent de Chine et que la groseille à maquereau est aussi sud-américaine que le tango. Et que les Égyptiens faisaient du vin avec ce même raisin de *hanepoot*. Cléopâtre buvait du *hanepoot*, putain ! Je vais te dire, chaque truc pour lequel tu mettrais ta main à couper, chaque repère que tu crois éternel, se révèle être une illusion. Prends la lumière, par exemple. Tu crois qu'il s'agit d'ondes, hein ? »

Jabulani hoche la tête.

« Eh bien, en fait... »

Phoenix laisse sa pensée partir à la dérive.

« On m'a appris dans cette ferme quand j'étais encore à l'école que toutes les belles choses de ce monde appartenaient aux Blancs : les pêches, le vin, l'or, les diamants, les plages – c'était un fait. Et déjà, petit garçon, je me disais :

« Non. Mon père a planté les arbres, mon père trime comme un esclave sous ce soleil infernal. Je cueillerai ce fruit si j'en ai envie. Et, un jour, le fermier blanc est arrivé dans son pick-up Isuzu. Je n'avais aucun espoir de courir plus vite que son pick-up, alors je me suis débarrassé des pêches jaunes. J'avais espéré qu'il ne ferait que passer, mais il s'est arrêté. Il a vu les pêches dans le sable. Elles auraient pu être là à cause d'un coup de vent, s'il n'y avait eu les marques de mes dents. »

Phoenix rit d'un rire amer, contenu, en repensant à sa folie.

« Il m'a ordonné en criant de monter dans son pick-up. J'ai hurlé et supplié, mais il n'a rien voulu savoir. J'ai vu son fils assis à l'avant. Un garçon qui allait dans l'école chic des Blancs, dans la petite ville où ils avaient un stade et une piscine. Un garçon qui irait un jour à l'université. Un garçon à qui la servante *coloured* servait sa pêche déjà pelée. »

Phoenix crache le noyau de sa pêche.

« La police m'a emmené dans la cour où j'ai été fouetté à coups de bambou, et puis on m'a laissé partir. Deux coups. C'est tout. Ils ont dit qu'ils n'avaient pas le temps de me faire passer devant un tribunal. Ils ont dit que j'avais de la chance de m'en tirer à si bon compte. Le truc qui m'a vraiment fait mal pendant des années, ce n'étaient pas les coups de canne... mais le fait que le garçon blanc, un garçon comme moi qui rêvait de filles, qui soufflait des bulles de savon et jouait pieds nus au football, ne m'a pas regardé une seule fois pendant le trajet jusqu'au commissariat de police. Pendant tout ce temps, je me disais : s'il me regarde dans les yeux, une seule fois, il va se voir en moi et supplier son père de me relâcher. »

Phoenix secoue la tête et siffle entre ses dents.

« Mon père était anéanti. Après toutes ces années passées à cueillir des pêches, il avait l'impression qu'il ne pourrait plus regarder le fermier en face. Douter de la sagesse du Blanc, c'était quelque chose qui le dépassait. Il a dit que j'avais sali son nom. Peu de temps après, j'ai laissé tomber l'école et je suis parti pour Le Cap. Je me suis caché au fond des coques de bateaux dans les cales sèches et j'ai rêvé de pêches sucrées et interdites pendant que je crevais de faim.

— Et comment tu t'es remis en selle ?

— J'ai fait des choses. Des choses cruelles. Des choses folles. »

Un long silence pesant, ponctué par le cliquetis électrique des sauterelles.

« Hé, Phoenix, comment se fait-il que Zero risque encore sa vie régulièrement pour mener ce combat, son combat ?

— C'était l'année de la libération, et Zero était très excité. Je n'étais pas encore dans les parages à l'époque, mais voici ce que dit la légende. Sa fille a pris le train jusqu'à Muizenberg pour aller nager dans la mer. Miriam était toujours inquiète de la voir se promener seule, mais Zero se moquait de ses craintes. Quelque part entre la gare de Muizenberg et la mer, peut-être le long du lagon de Zandvlei, un type l'a attaquée. Ils l'ont trouvée dans les dunes derrière Khayelitsha. Elle était nue. Son visage était couvert d'égratignures, comme abîmé par les griffes d'un léopard. Et ses mains étaient méconnaissables. »

Jabulani voit Tendai en train de faire innocemment du hula-hoop, dans un monde en proie à un mal qu'elle est encore incapable d'imaginer.

« La police n'a pas trouvé le tueur. Des années plus tard, quand je me cachais dans le grenier de Zero, un article dans un journal a fait état du meurtre d'une petite fille à Langa. Ils l'avaient trouvée couverte de griffures de léopard. Les journaux avaient beaucoup parlé du Tueur Léopard qui avait frappé de nouveau. Des gens pensaient même qu'il se transformait réellement en léopard, la nuit. Cette fois, il n'avait pas été très prudent et n'avait pas vu le vieux clochard couché dans l'ombre, ivre de bière *shebeen*. Ce vieux clochard, il était trop trouillard pour se présenter à la police, il redoutait d'être accusé du meurtre. Mais j'ai fini par le trouver, et il a suffi d'une bouteille de White Horse pour tout savoir sur le tueur : le pied gauche qui traînait, le diamant dans la dent éclairé par la lune. Il a fallu six mois pour retrouver sa trace. Pendant tout ce temps, la police n'a rien pu faire. Peut-être qu'ils pensaient que c'était juste un meurtre de plus dans ce pays ravagé par les assassinats. »

Jabulani regarde en direction des vignobles et des barrages bleu de chine. Il se dit : *Comment un pays aussi beau peut-il être à ce point assoiffé de sang ?*

« Mais je vais te dire un truc, Jabulani : je n'ai jamais vu un homme supplier comme il l'a fait pour qu'on mette fin à ses souffrances. »

Il glisse la main dans sa poche et en sort un carré de papier. Il le déplie délicatement. Et Jabulani voit le soleil scintiller sur un diamant tenu entre deux doigts.

43

Veille de Noël, 2004. Nouveau port d'Hermanus. Après le crépuscule.

Lotte entre au Quayside Cabin en compagnie d'Al Pike et du type au Zippo.

Mon cœur cogne contre mes côtes.

Al m'adresse un sourire. Pour les autres, je ne suis qu'un jukebox en chair et en os.

Les yeux de Lotte clignotent dans ma direction (j'ai des picotements dans la plante des pieds), puis elle se tourne du côté du port, où Buyu pêche à la ligne avec les garçons du bus dans la lumière déclinante (je ne sens plus mes pieds).

Je joue avec ferveur pour elle, et cependant à aucun moment elle n'entre en relation avec moi. Son regard se déplace tout le temps sans jamais se poser sur moi. À la fin d'une chanson, ses mains esquissent un applaudissement désinvolte.

Je vois la chair de poule sur sa cuisse, là où elle est en contact avec le banc parce que sa robe est relevée très haut. Elle m'aime.

Elle enroule autour de son doigt un fil isolé sur l'ourlet de sa robe et l'arrache. Elle ne m'aime pas.

Elle dépose une pincée de sel sur le pied de son verre et le tapote du bout du doigt qu'elle a léché. Elle m'aime.

Elle pose un verre de vin glacé contre son front. Elle ne m'aime pas.

Elle aspire une moule de sa coquille noire. Elle pique avec sa fourchette la friture et avale un petit poisson, tête, ventre, queue. Elle m'aime.

Elle étudie les épaves très moches suspendues au plafond, son regard s'attardant sur une langoustine rouge à la Dalí. Elle ne m'aime pas.

J'envie cette foutue langoustine qui a droit à ses regards.

Je joue une chanson de Coldplay sans plus rien voir autour de moi. Dans l'œil de mon esprit, j'imagine le lent mouvement de ses hanches devant moi, une bouteille de Savanna suspendue à ses doigts. Les gens continuent à boire de la bière et à bavarder. Moi seul, je la vois remonter sa robe de sa main libre jusqu'à ce que la fente lisse de son cauri soit exhibée. Moi seul vois le tissu remonter plus haut encore pour libérer ses tétons roses comme des sushis de saumon. Moi seul la vois passer un quartier de citron vert sur sa coquille et frissonner sous la brûlure provoquée.

Et puis la chanson est terminée, et elle enfonce un morceau de citron vert dans sa Savanna.

Dehors, le port est plongé dans l'obscurité, Buyu et les autres garçons ont renoncé à pêcher pour jouer avec des capsules de bouteille. Je vois un touriste prendre des photos d'eux. Un cormoran plonge depuis le sommet du mât d'un bateau de pêche et refait surface avec un poisson, faisant scintiller ses écailles argentées sous le flash d'un appareil de photo.

J'aimerais être assez libre pour me jeter sur les choses que je désire.

Un serveur pose une bière glacée sur mon ampli.

« Santé, dis-je.

— Offerte par le type dans le fond là-bas. »

Je lève la bouteille de Windhoek et échange un regard avec Al. Il hoche la tête. Un sourire un peu malicieux passe sur ses lèvres. À sa façon de soutenir mon regard, je jurerais qu'il sent que j'ai baisé sa fiancée. Peut-être qu'il a pitié de me voir aussi follement épris, parce qu'il ne l'embrasse pas devant moi, comme un chien qui marquerait son territoire. J'aimerais que ce soit un trou-du-cul, je me sentirais moins coupable au moment où lui et moi faisons semblant de trinquer à distance et buvons une rasade.

Les joues de Lotte se creusent quand elle aspire à la paille son cocktail de Kahlua et de glace à la vanille.

Zippo allume un verre de *sambuca* et boit d'un trait le liquide en flammes.

Al est en train de régler l'addition.

Au moment où ils s'en vont, je la vois griffonner quelque chose sur un dessous-de-verre avec le stylo de l'addition.

Je m'arrête au milieu d'une chanson pour aller récupérer le dessous-de-verre avant que le serveur ne s'en empare.

*

Je regarde par-dessus le mur dans son jardin. Je vois les éclats des images de la télévision derrière les rideaux.

Je vois sa silhouette aller et venir. Puis elle est sur la véranda, glissant les pieds dans des sandales, bondissant sur la pelouse.

« Un film. *Pulp Fiction.* Al est fana de Tarantino. Ils terminent une bouteille de Jack Daniel's. J'ai un quart d'heure avant qu'Al ne se rende compte que je suis partie. »

Je la suis sur un sentier isolé qui mène aux rochers au bord de la mer.

« Les surfeurs coupent par ici et sautent depuis les rochers à marée haute. »

Les vagues projettent leur désir pour la lune sur les rochers. Des ordures (bouteilles de bière, briquets Bic, cartouches de chevrotine, canettes de Red Bull, une tong abandonnée, du fil de pêche embrouillé) sont coincées dans les fentes des rochers.

Elle me débarrasse de mon bermuda, m'ordonne de m'allonger sur un rocher plat. Elle m'attache les mains au-dessus de la tête avec le fil de pêche. Je sens son haleine parfumée sur mes lèvres. Je sens le rocher m'égratigner le dos et le fil de pêche m'entailler la peau. Elle baisse mon slip, et je suis dans sa bouche, et je flotte… jusqu'à ce que je voie un rat à moins de un mètre de mon pied. Je suis piégé. Je sens que je suis à quelques secondes du nirvana et que le moindre mouvement de ma part compromettrait son tempo de rêve. Il faut que je reste détendu et concentré, que j'ignore les moustaches tremblantes du rat et ses yeux ronds. Je plie les orteils en anticipant la douleur provoquée par ses incisives plantées dans ma peau. La peur finit par vaincre le désir, et elle me sent ramollir.

Je vois le froncement inquisiteur de ses sourcils quand sa bouche m'abandonne.

« Ce n'est pas bon ? »

Le rat a fui, et je me demande si elle va croire que je l'ai rêvé.

« C'était magique… mais il y avait un rat… Je suis désolé.

— C'était ton cadeau de Noël. De la part de ton ange blanc. »

Elle arrange sa robe et passe ses doigts dans ses cheveux.

« Je t'aime », lui dis-je.

Elle se contente de m'embrasser sur le front. Je ferme les yeux pour m'imprégner de son odeur. Lorsque je les ouvre de nouveau, elle a disparu, me laissant le soin de libérer mes mains à coups de dents.

Je me sens abandonné, volé, dévasté. À l'idée qu'il puisse être allongé sur elle dans des draps de lin au milieu d'une chambre sans rats, j'ai envie de m'étrangler avec le fil de pêche.

44

Jour de Noël, 2004. Sur la N1, en direction du nord à travers le Karoo.

Jabulani est assis à côté de Zero au volant de sa Benz vert céladon qui fonce au milieu d'un paysage aux tonalités jaunes, ocre et vert olive. Derrière eux, Canada Dry fait semblant d'abattre les oiseaux solitaires sur les poteaux télégraphiques.

Phoenix et Dove Bait suivent dans la Jeep Cherokee.

Ils traversent des *dorps* désolés, avec leur église, leur boucherie, leur hôtel terne, leur prison vitrée, leur café où on peut emporter sa consommation. Dans les vitrines des boutiques fermées, ils voient les guirlandes électriques ringardes et la fausse neige. Les rues sont désertes. Tout le monde est à l'église dans cette belle région où l'on craint Dieu.

Jabulani a une sensation d'irréalité. Comme s'il était dans un rêve. Il n'y a pas si longtemps, il était dans une école où le risque d'être tué était très faible. Un garçon aurait pu se briser la nuque en jouant au rugby ou se tordre une cheville au saut en longueur. Un professeur aurait pu trébucher sur un cartable laissé dans un couloir ou faire une chute à bicyclette. Personne n'était jamais mort. Ici, c'est une folie de kamikaze : ils sont en route pour un règlement de comptes avec le diable. Il a envie de demander à Zero de faire demi-tour… mais, s'il le fait, il sera à jamais hanté par ces Zimbabwéens prisonniers, leurs yeux de zombies, leurs dos voûtés, leur absence au monde. Jabulani se les représente en train de l'imaginer lui au Cap : la bouche pleine de poisson et de vin, leur triste sort dans cette ferme de la mort étant devenu le cadet de ses soucis.

Jabulani invoque une image de Miriam seule avec ses nains et son chat. Zero a trouvé un bar du front de mer qui était prêt à engager les deux filles du Zimbabwe pour la période de Noël au Jour de l'an. Ils voulaient des jolies filles, sans quoi Jabulani se serait jeté sur le job. Il aurait de loin préféré porter des bières sur la tête pour les touristes que de jouer du flingue en échange des aumônes de Zero. En même temps, pour être honnête, aumône n'est peut-être pas le mot qui convient pour les sommes rondelettes qu'il a gagnées jusqu'à présent grâce à des boulots où il n'a eu qu'à faire acte de présence et à se tourner les pouces.

Miriam. Il trouve sublimes sa peau livide et ses yeux perdus dans le vague. Il est intrigué de voir Zero la traiter de manière sèche et désinvolte à la fois. C'est lié bien évidemment à la fille qu'ils ont perdue. Peut-être que Miriam ne lui a pas laissé partager son chagrin à l'époque. Et c'est ce qui a mis fin à leur amour. Il tressaille à la pensée de Zero faisant l'amour à Miriam. Lui, taillé comme un talonneur de rugby, en équilibre sur le point d'appui des hanches fragiles de sa femme.

À ses propres yeux, il a déchu. Il s'est toujours considéré comme un bon père et un amant fidèle, mais il est curieux – non, avide – de sentir sa peau noire frotter contre la sienne, subtilement opaque et soyeuse, de tenir au creux de ses mains ses seins d'opaline.

Comme s'il lisait dans les pensées de Jabulani, Zero fait brusquement quitter la route à la Benz, soulevant un nuage de poussière.

Ils pique-niquent sous les eucalyptus, du poulet Kentucky et des bières Black Label.

Le soleil chauffe sur le macadam. Une buse curieuse les observe depuis un poteau télégraphique. Quelques taches blanches laineuses au pied d'un moulin à vent dans le lointain. Sinon, pas le moindre signe de vie.

Soudain, une silhouette d'épouvantail un peu floue se rapproche. Un vieux musicien squelettique coiffé d'un haut-de-forme poussiéreux et vêtu d'un costume informe chante en s'accompagnant à la guitare : un air insouciant, séduisant, nonchalant, entrecoupé régulièrement de sifflements qui pourraient faire rentrer des vaches à l'étable. Il configure le temps à sa guise, ce Dylan noir, et, à sa guise, il parcourt de longs kilomètres sans que la distance ne sape son énergie. Il est plongé dans sa chanson hypnotique au point qu'il serait passé sans battre une paupière, si le chien qui le suit ne s'était mis à aboyer.

Ils contemplent ce fantôme, cette relique d'une Afrique en voie de disparition. Jabulani a entendu parler des ménestrels *maskandi* du pays Zoulou, de même qu'il a entendu parler des hommes sacrés en Inde qui peuvent flotter dans les airs. Cet homme n'est pas simplement un chanteur itinérant, mais un poète, un prophète, un conteur et un livre d'histoire ambulant. Mais que diable peut-il bien faire sur une route si loin du KwaZulu-Natal ? Le monde est sens dessus dessous.

Zero lui offre une aile de poulet et un gobelet de bière. Lui dit : *Joyeux Noël.*

L'homme soulève son chapeau pour le remercier de son cadeau de Noël et poursuit sa marche. Il donne l'aile de poulet au chien. Jabulani se demande s'il se nourrit seulement de liquide, comme une plante ou comme dans le mythe du Masai qui survit grâce au lait et au sang. Il marche sur la poussière couleur moutarde entre le bord déchiqueté du macadam et le chaos du cosmos.

Jabulani éprouve une soudaine nostalgie de la poussière rouge du Zimbabwe et se demande s'il la reverra un jour.

45

Jour de Noël, 2004. Hermanus. Avant l'aube.

Buyu et moi cueillons des cannas et des hibiscus le long du sentier sur la falaise. Nous remplissons un carton entier de pétales.

Nous allons les répandre sur la pelouse devant sa maison, puis nous nous cachons.

Les mouettes et les moineaux l'appellent.

Elle avance pieds nus sur la mosaïque de pétales jaunes, orange et rouges. Elle jette du pain aux mouettes, aux moineaux et aux *dassies*.

Al sort sur la véranda, une tasse de café fumant à la main.

« C'est magique, non ? dit Lotte.

— On dirait des funérailles en Inde », réplique Al.

*

Buyu et moi passons à Vespa dans Fisherhaven en direction de Kleinmond pour le déjeuner de Noël.

Les flamants volant dans les airs font l'effet d'un banc de poissons roses dans le bleu du ciel.

Le niveau de l'eau est très bas dans le lagon de Fisherhaven. Des chevaux sauvages semblent dériver sur une mer de fleurs rouges amphibies.

Comme c'est étrange de passer la moitié de l'année sous l'eau à rêver du soleil.

*

Nous pique-niquons en bas de la rampe de mise à l'eau de Kleinmond. J'ai pris des sushis au thon, avec du gingembre qui a la couleur d'un flamant rose. Buyu (qui se moque de moi parce que j'ai dépensé de l'argent pour du poisson cru) a pris un *fish and chips* et un Sprite.

Les mouettes harcèlent Buyu pour avoir des frites. Elles aussi méprisent mes sushis.

La mer est d'un bleu étonnant, même si le *kelp* sombre danse juste au-dessous de la surface.

Un pingouin solitaire avance péniblement au milieu du *kelp*.

Buyu se promène au bord de l'eau. Il attrape un crabe avec mes baguettes et le soulève pour que je le voie.

« Sushi gratuit », plaisante-t-il.

Je ris, même si, au plus profond de moi, j'ai l'impression qu'on m'a volé Lotte.

Buyu relâche le crabe.

Il ramasse des galets et fait des ricochets sur l'eau. J'imagine qu'il est en train de se remémorer le bord du lac en Tanzanie. Je me demande si sa mère tient le coup.

Et je pense à la mienne. Au fait qu'elle se sent peut-être moins seule que moi avec ses nains tellement ploucs qui l'adorent.

Je ferme les yeux face au soleil. Dans la mer rouge psychédélique derrière mes paupières, je vois une sorte de Kali à quatre mains qui danse : nue, les canines saillantes et les yeux rouges. Sa peau change de couleur, bleue, noire à présent. Dans une main, elle tient un pistolet, dans une autre, une *panga*, des diamants dans la troisième, de l'or dans la dernière. Suspendu à son cou, elle porte un collier de crânes. Les crânes poussiéreux de Biko et d'autres types tués sous l'apartheid. Les crânes brillants des gens qui ont pensé que la liberté allait chasser tous les démons. Et le crâne d'une fille dont les doigts ont par magie transformé de la ficelle en diamants ou en œil-de-chat, ou encore en étoile.

46

Lendemain de Noël, 26 décembre 2004. Quelque part au sud du Limpopo. Avant le lever du jour.

Ils ont roulé pendant des kilomètres. Jabulani a sorti la tête par la fenêtre, il a les yeux écarquillés et cherche le crâne de bœuf blanchi par le soleil au sommet d'un poteau. Il craint qu'ils ne l'aient dépassé. Qu'ils aient roulé devant sans le voir. Peut-être que la lumière ne s'y reflète pas quand on arrive par le sud. Ou peut-être que le Cow-Boy Fantôme l'a jeté dans le *veld* parce que c'était le seul signe distinctif pour Jabulani. Il s'en veut de ne pas avoir établi un autre repère… une petite pyramide de pierres ou un bout de tissu attaché au barbelé.

Il pense à Nina et combien elle a été adorable et folle. S'il survit à tout ça, il ira la voir à l'hôpital.

À l'horizon se profile une faible lueur annonçant l'aube. Si le crâne ne surgit pas bientôt de l'obscurité, il va leur falloir abandonner leur plan. Tout était parfaitement minuté. Les Zoulous attaquaient toujours à l'aube, avait dit Zero, pour surprendre leur ennemi à ce moment un peu trouble, traître pour l'œil, quand ce n'est plus la nuit et pas encore le jour. Et, à l'aube de ce jour, au lendemain de Noël, les types de la ferme seront plus encore dans le cirage parce qu'ils auront bu davantage. Zero a parié là-dessus. Depuis quelques kilomètres, le silence dans la Benz est pesant. Zero a éteint la radio, et Canada Dry est à court de plaisanteries.

S'il ne parvient pas à repérer le crâne, il aura fait venir Zero et son équipe pour rien. Et les chances de survie du vieux Jonas dans cette foutue ferme seront bien minces.

Et c'est à ce moment-là que les phares de la Benz illuminent le crâne, sinistre et grimaçant.

« Ouah ! Le crâne ! s'écrie Jabulani.

— Cool, dit Zero.

— Bang, bang », renchérit Canada Dry.

Jabulani est surpris que le Cow-Boy Fantôme ait laissé le crâne de bœuf en place. Ils éteignent les phares et continuent à pied sur le macadam, puis sur la piste en direction de la ferme. Au bout de deux kilomètres environ, la piste se transforme en une sorte d'allée bordée de grands eucalyptus au feuillage un peu pauvre. Au bout de ce tunnel arboré se trouve la ferme, silhouette fantomatique dans l'aube qui monte. Pour Jabulani, c'est une reprise de l'opération de Bloemfontein.

Zero récapitule le plan : Phoenix va y aller le premier pour *neutraliser les chiens* avec ses fléchettes. Zero doit prendre le flanc est à travers le *veld*, de telle sorte que sa silhouette sera visible au lever du jour. Canada Dry et Dove Bait doivent rester sur cette route, cachés derrière les eucalyptus, afin de rendre impossible toute retraite. Le boulot de Jabulani consiste à remonter à l'ouest à travers le *veld* et à alerter, d'une manière ou d'une autre, les Zimbabwéens enfermés dans la grange… avant que les balles ne commencent à fuser dans tous les sens.

Jabulani progresse prudemment à travers le *veld*, de peur de faire craquer une branche ou de déclencher un fil de détente. Il entend un grognement sur deux tons et se fige. Un autre porc-épic ? Un phacochère ? Il se rend compte que c'est l'aboiement étranglé des dobermans. Il entend ensuite un aboiement bref, suivi d'un petit jappement qui s'achève en gémissement. Le deuxième chien est à terre, neutralisé. Une voix grave – en provenance de la ferme ? – crie « *Voetsek* ! » en direction des chiens. Jabulani aspire une goulée d'air, la retient dans ses poumons.

Il court maintenant à toute vitesse, à découvert sur le *veld* jusqu'à l'arrière de la grange, ses chaussures qui ne lui appartiennent pas cognant contre les pierres, brisant le sommet durci des fourmilières.

En courant, il se souvient qu'un *steenbok* s'était égaré sur un court de tennis de l'école à Bulawayo et comment les garçons l'avaient provoqué : ses yeux écarquillés, ses oreilles de chauve-souris, ses pattes instables et cette situation totalement absurde. C'était la chose la plus vulnérable qu'il avait jamais vue. Jusqu'à l'instant présent. Il a l'impression de courir devant un peloton d'exécution. Il serre les dents, anticipant l'impact d'une balle. Mais pas un coup de feu n'est tiré, et il est maintenant contre le mur du fond de la grange, essayant de reprendre son souffle.

« Hé, Jonas ! appelle-t-il à travers les planches mal jointes de la grange. Jonas !

— Yo ! » répond Jonas.

On sent bien dans sa voix qu'il croit avoir affaire à un fantôme ou à un lutin venu le chercher.

« Joyeux Noël, Jonas. C'est moi, Jabulani.

— Hé, professeur ! Tu as survécu ! Tu as prévenu la police ?

— Pas la police. Seulement quelques hommes. »

Comment les décrire ? Un groupe de miliciens un peu désœuvrés ? Des desperados paresseux ? Des personnages tirés d'un Tarantino ?

Jabulani entend des soupirs de désillusion chez les captifs.

« Mais ce sont des héros intraitables. »

Un murmure d'espoir circule parmi les Zimbabwéens.

« Quand vous entendrez des coups de feu, je veux que vous trouviez un moyen de sortir de ce côté-ci de la grange. Tu as toujours cette *panga* pour la pastèque ?

— Je l'ai.

— Où vas-tu aller ensuite ?

— Je retourne chez moi au Zimbabwe, retrouver ma femme. Je rentre les mains vides, mais je suis trop vieux pour tout ça. Je ferai du pain s'il y a encore de la farine quelque part.

— À tout à l'heure, Jonas. »

Le soleil se lève à présent, et Jabulani sera en pleine lumière dès qu'il passera la tête au-delà du coin de la grange. Il glisse son pistolet dans une poche et, à quatre pattes, s'avance tout doucement pour pouvoir jeter un coup d'œil. Une balle siffle juste au-dessus de lui. Jabulani rentre la tête à l'ombre de la grange. Son cœur bat à un rythme frénétique. Il entend des cris confus en provenance de la ferme et les chuchotements des Zimbabwéens dans la grange.

Qu'est-il arrivé à Phoenix ? Il s'est occupé des chiens, mais comment se fait-il qu'un type de la ferme ait pu tirer à vue sur lui ? Peut-être que Phoenix ne l'avait pas vu et que le type était endormi dans un fauteuil près de la piscine ou du court de tennis jusqu'à ce que le chien ait aboyé.

Il se demande si Zero est déjà arrivé à la ferme.

Jabulani entend un autre coup de feu. Il imagine que Phoenix a abattu le tireur embusqué. Et puis une autre série de coups de feu retentit. Un autre type de la ferme a peut-être été abattu. Il y a un silence prolongé, presque irréel, avant que le monde se mette à crépiter de coups de feu.

Il entend le rugissement d'un moteur. Le camion de l'armée. Le bruit du moteur diminue légèrement. Puis il entend des coups de feu et le moteur qui cale. Ce doit être Canada Dry et Dove Bait qui ont arrêté le camion.

Il jette un coup d'œil de nouveau. Personne ne tire sur lui. Pendant qu'il avance le long de la grange, il entend le staccato de la machette de Jonas tailladant le bois et les voix étouffées des Zimbabwéens.

Parvenu à l'autre extrémité de la grange, la ferme apparaît dans son champ de vision. Phoenix s'abrite derrière une brouette renversée, attirant sur lui le feu nourri tiré depuis la ferme. Deux chiens et un homme qui saigne sont couchés dans la poussière. Un autre type flotte dans la piscine, dont la teinte vire au rouge.

Jabulani prend son pistolet. Il voit Zero qui avance sur le toit de la ferme.

Le Cow-Boy Fantôme sort de la maison, tenant un couteau pointé sur la gorge de la jeune fille noire devant qui Jabulani a hurlé à quatre pattes. Dans son autre main, le Cow-Boy Fantôme tient un pistolet. Ils se dirigent vers la Land-Rover aux rayures de zèbre.

Des coups de feu tirés du pistolet du Cow-Boy Fantôme ricochent sur la brouette.

À travers le jardin, le Cow-Boy Fantôme et la fille entament une étrange valse. Elle porte le T-shirt blanc des Rolling Stones avec cette longue langue rouge. Le couteau fait une entaille dans la peau, et, le sang se mettant à couler, les contours de la langue s'effacent progressivement.

Jabulani braque son pistolet sur le Cow-Boy Fantôme, mais il n'ose pas tirer.

La charnière de la porte de la Land-Rover émet une note stridente. Le Cow-Boy Fantôme adresse un sourire de défi à ses ennemis. À l'instant même où il affiche ce sourire arrogant, Jonas surgit derrière lui comme une sorte de samouraï dément à la Puck. Il abat sa *panga* sur la tête de l'albinos qu'il fend jusqu'aux yeux. Un silence plein d'horreur s'installe avant que le sang ne se mette à gicler à profusion et que le cri de cornemuse de la fille ne s'élève vers le ciel.

La fille s'effondre, et un coup de feu tiré par Zero ou Phoenix dans le ventre du cow-boy le fait tomber. Il est à genoux dans la poussière, la *panga* toujours fichée dans le front, le visage couvert d'un masque de sang. Il lâche son couteau, braque le pistolet sur lui, mais sa main se met à trembler violemment, et le coup de feu ne fait que lui arracher l'oreille.

Il est encore vivant quand une demi-douzaine de Zimbabwéens qui n'ont pas décampé dans le *veld* se rassemblent autour de lui. Ils lui arrachent le pistolet de la main, retirent la *panga* de son front et le balancent de l'autre côté du grillage, devant la mare aux crocodiles. Bizarrement, il trouve la force de se relever. Aveuglé par le sang, il titube jusqu'à ce qu'il tombe dans la mare. Aucune frénésie meurtrière, aucune torpille mortelle à écailles fonçant sur lui. Les crocodiles savaient depuis le début que leur proie n'avait nulle part où aller.

Jonas se penche sur la fille, éponge le sang avec un mouchoir, l'apaisant avec des claquements de langue presque maternels.

Canada Dry et Dove Bait arrivent à grand bruit dans le camion militaire, juste à temps pour voir un crocodile géant se décider à bouger au bord de la mare. Pour le regarder attraper le bras ballant du Cow-Boy Fantôme dans sa mâchoire, balancer la tête en arrière et l'arracher comme on détacherait une cuisse de poulet ou comme on casserait en deux une papillote de Noël. Encore un mouvement de tête, et le bras disparaît au fond de la mâchoire.

« Génial », concède Canada Dry.

Jabulani tire deux coups de feu sur le Cow-Boy Fantôme pour mettre fin à ses souffrances. Chaque coup de feu fait tressauter son torse dans l'eau peu profonde.

Les Zimbabwéens sont rassemblés, chapeau à la main. En dépit de tout ce qu'il leur a fait, ils s'inclinent devant un homme qui a connu une mort aussi macabre sans pousser un seul cri.

Jabulani contemple la ferme. Le carnage lui rappelle la fin d'Hamlet.

La fille recouvre ses esprits.

Dove Bait la regarde avec envie. On voit qu'il aimerait la garder en souvenir.

« Dommage qu'il y ait ce type dans la piscine. C'est une belle journée pour faire trempette, lâche Canada Dry.

— Toi et Dove Bait, sortez-le de là, ordonne Zero. Jetez tous ces cadavres aux crocodiles.

— Et les chiens ?

— Abats-les, Canada. Et eux aussi, aux crocodiles.

— Mais... mais ils sont *innocents*.

— Ah bon ?

— Ce ne sont que des chiens.

— Tu es vraiment doué, plaisante Zero. Si je suis sur le banc des accusés un jour, je ferai appel à toi pour me tirer de là. Le truc, c'est qu'ils vont mourir de faim si on les laisse en vie. Dans l'état où ils sont, ils ne sentiront rien.

— Pas mon vieux chien, supplie Jonas. Laissez-le repartir avec moi au Zimbabwe.

— Seulement les chiens endormis », dit Zero.

Une fois encore, les Zimbabwéens soulèvent leurs chapeaux.

« Phoenix. Fais-toi aider par les Zimbabwéens pour charger le maximum de marijuana sur ce camion.

— Ça fait un paquet de came, dit Canada Dry.

— Laissez un peu de place derrière la cabine pour ceux qui veulent descendre au Cap. »

Et à Jonas :

« Tu as le droit de prendre ce drôle de zèbre de Land-Rover. Toi et ton chien. Abandonne-la avant la frontière.

— Ma fille, tu viens avec moi », dit Jonas à la fille.

Dove Bait semble bouleversé par cette nouvelle.

Jabulani, en aparté, à Zero :

« Tu veux transporter cette cargaison de came sur l'autoroute ?

— Je sens que c'est mon jour de chance », réplique Zero.

*

Un corbeau s'envole d'une carcasse au milieu de la route : une croûte aplatie et ébouriffée à la fois qui devait être un chacal ou un chien.

Jabulani y voit un signe néfaste.

Les informations à midi :

RADIO : les secousses d'un tremblement de terre au large de l'île de Sumatra en Indonésie ont été ressenties jusqu'en Inde et à Myanmar. Le tremblement de terre a atteint le degré 9 sur l'échelle de Richter. Un tsunami provoqué par le tremblement de terre a dévasté les côtes du Sri Lanka et de l'Inde. Les îles thaïlandaises de Koh Phi Phi et de Phuket ont été gravement touchées, et des centaines de personnes, aussi bien des locaux que des vacanciers, ont trouvé la mort. Une montée des eaux de quatorze mètres a été signalée à Cape Coral en Thaïlande.

Verdict de Zero : « Radical, mec.

— Comment se fait-il que ces trucs se produisent chaque fois en Asie ou en Afrique, toujours dans un endroit pauvre ?

— C'est une bonne question, prof. Je donne ma langue au chat. »

Zero aperçoit une lumière bleue clignotante, droit devant.

« Merde. Un contrôle routier.

— Je croyais que c'était ton jour de chance », dit Jabulani.

Zero lui jette un regard furieux. Il réfléchit à toute vitesse. Il a bien quelque chose à échanger, mais ce serait aller à l'encontre de ses propres intérêts. Et il serait plus sage de faire des courbettes, de baisser sa tête d'idiot, plutôt que de marchander serré.

Un jeune policier un peu grêle fait signe au convoi de s'arrêter avec son fusil.

Zero fait dans sa tête l'inventaire de leurs produits de contrebande : un arsenal d'armes sans permis, un camion militaire volé bourré de came en quantité suffisante pour l'envoyer planer aussi longtemps que Mandela a été en prison, une Jeep dérobée, neuf étrangers sans papiers, et puis Phoenix, un meurtrier recherché par les autorités.

Zero descend sa vitre.

JEUNE POLICIER : Votre permis.

Zero fait un clin d'œil à Jabulani. Tout va bien jusqu'à présent. Son permis est en règle.

JEUNE POLICIER : Vous voyagez en convoi ?

ZERO : Oui, monsieur.

JEUNE POLICIER : Mais nous ne sommes pas en guerre en ce moment.

ZERO : Des bandits, des fous, des babouins, des extraterrestres.

JEUNE POLICIER : Très drôle. Qu'est-ce que vous avez dans le camion ?

ZERO : Seulement du matos.

JEUNE POLICIER : Vous faites le malin ?

ZERO : Non.

Le jeune policier lance un appel sur sa radio. Peu de temps après, un policier plus âgé arrive à la rescousse.

Jabulani baisse la tête et garde les yeux fixés sur ses pieds.

DE LA REY : Tu m'as appelé ?

JEUNE POLICIER : Ce *coloured* essaie de jouer au Blanc.

De la Rey se penche vers la Benz et regarde Zero, puis Jabulani.

DE LA REY : Freedom, mon pote !

Jabulani relève la tête pour regarder De la Rey dans les yeux.

Zero est sidéré.

JABULANI : On voit du pays.

DE LA REY : C'est un pays magnifique, hein, Freedom ?

On sent que le jeune policier a l'impression qu'on le laisse tomber.

JEUNE POLICIER : Chef, ce *coloured* m'a dit qu'ils avaient du *matos* dans le camion.

DE LA REY : Du calme, sergent. J'ai la situation en main.

Il examine le permis de Zero.

DE LA REY : Dites-moi, Zero Cupido, ce *matos* que vous transportez, c'est du bon ou du mauvais ?

Le sergent agite un doigt dans son oreille comme s'il espérait se débarrasser de la cire qui la bouchait.

ZERO : Du bon.

DE LA REY : Sergent, laissez-les passer. Ce Zimbo qui s'appelle Freedom, c'est un professeur. C'est un type bien.

Le sergent s'éloigne la queue basse, pas content du tout d'être rabaissé devant un *coloured*.

DE LA REY : Hé, Freedom, tu savais que la fille de la Pajero a survécu ?

JABULANI : J'ai vu ça dans les journaux.

DE LA REY : J'ai contacté par radio des collègues dans le Nord pour qu'ils cherchent cette plantation de marijuana. Ils n'ont jamais rien trouvé.

JABULANI : Peut-être que j'ai tout imaginé après tout.

DE LA REY : C'est ce que je me suis dit. Peut-être un peu trop de came ? Ce qui est bizarre, c'est que cette fille a disparu, elle aussi. Elle n'est plus à l'hôpital. Magiquement guérie, qui sait.

JABULANI : C'est étonnant.

DE LA REY : C'est à se demander si elle n'était pas une sorte de bonne fée, hein ? Allez-y maintenant. Touchez plus à la came. Et amusez-vous bien.

Pour Zero, ces deux dernières phrases sont un peu paradoxales, mais il se contente de remercier De la Rey d'un hochement de tête. Il fait démarrer la Benz.

Dans le rétroviseur, Zero voit la Cherokee et le camion militaire suivre. Et il aperçoit De la Rey agiter la main comme s'il souhaitait bon voyage à sa propre famille.

Zero est vraiment sans voix. Il se rend compte qu'il va peut-être devoir revoir son opinion sur les flics.

Il allume la radio.

RADIO : … inondé Sumatra et les îles Nicobar, et ravagé Pondichéry. Le tsunami se dirige à présent vers Malindi sur la côte orientale de l'Afrique…

C'est une bonne chose que le Zimbabwe soit vraiment loin de la mer, se dit Jabulani. Un danger de moins pour Thokozile, Panganai et Tendai, dans ce pays sans foi ni loi.

RADIO : Et à Dhaka, en dépit du tsunami, le match de cricket qui oppose l'Inde et le Bangladesh continue.

« Au bout du compte, Freedom, même si la moitié du monde sombrait dans la mer, les gens continueraient à jouer au cricket.

— Eux ne sont pas morts.

— C'est bien vrai, mon frère. Au fait, tout l'argent de cette came est à toi. Pour faire sortir ta famille. »

Jabulani regarde cet incroyable *veld* jaune et se dit : *Les anges se présentent sous les formes les plus étranges.*

47

Lendemain de Noël, 26 décembre 2004. Hermanus. Crépuscule.

Le vertige me saisit. Un coup de vent me défie. Mes orteils saillent au-dessus du vide.

La marée emportera mon cadavre loin de ces rochers dentelés du récif au-dessous. Les requins m'arracheront des lambeaux de peau, et les langoustines piqueront des miettes de mes os quand ils se cogneront et danseront au milieu des coquillages et des galets de cette mer emplie du chant des baleines.

Lotte écumera le marché pour avoir des nouvelles de moi. Et pourtant comment puis-je continuer à vivre dans un monde où mon amour pour elle est voué à se dessécher comme du poisson sur les poteaux de salage ?

Une autre rafale de vent apporte une parole d'un air que chantent pour quelques pièces de monnaie les petits oursins de l'opéra. Mes mains volent pour attraper les mots étrangers qui s'ébattent comme des moineaux autour de ma tête.

Une baleine souffle dans les profondeurs lointaines. J'espère voir les contours de sa queue, mais la baleine reste sous l'eau.

Je me sens abandonné. Je ne vois aucun espoir.

Puis je tombe, et le vent hurle son opéra dément dans mes oreilles.

Des *dassies* me regardent sans curiosité depuis des ouvertures dans la falaise.

Je vois Lotte passer près de moi, ses ailes d'ange sifflant en vol.

Je l'appelle, mais elle, zen et indifférente, reste concentrée sur l'horizon en flammes.

Au-dessous de moi, une vague monstrueuse fait déferler un déluge sur les rochers. Les cormorans jaillissent vers le ciel comme les éclats coupants du shrapnel.

Je sens une douleur cuisante sous la plante de mes pieds. Maintenant je tourbillonne dans l'eau, rebondissant contre les rochers, me demandant où peut bien se trouver le ciel. Je ne distingue plus le nord du sud. La mer pousse des cris dans mes oreilles.

Un grand blanc m'envahit l'esprit. Puis je vois les seins nus de cette putain d'Amsterdam. Elle m'enfonce la tête dans l'espace moite qui les sépare. Je me tortille violemment, mais elle ne lâche pas prise. Zero rit.

Un film surexposé défile dans ma tête : ma sœur et ma mère passent à travers le rideau de pluie que je dispense en pressant mon pouce sur le tuyau d'arrosage. Zero joue sur sa vieille guitare un rythme de salsa frénétique, comme le font les orchestres cubains jusqu'à ce que tombe la jupe d'une fille. Elles me sourient de toutes leurs dents, blanches comme de l'os de seiche. Et ma sœur ne sait pas qu'elle va mourir demain.

Suis-je mort à présent, je me demande ?

Je refais alors surface et je me débats comme une mouette mazoutée sur la mer enragée.

Juste au moment où une vague veut précipiter mon crâne contre la jetée du port, un courant de marée me reprend et m'entraîne de nouveau vers le large.

Je vois le professeur et sa chienne en haut de la rampe du port. Son bateau de pêche a été retourné et flotte dans le port, quille dans l'eau.

Le professeur jette à présent sa ficelle effilochée avec une balle de tennis attachée à l'extrémité.

La balle m'échappe. Je coule de nouveau.

Je vois maintenant une Lotte dotée d'une myriade de mains, à la peau bleue, donnant des coups de langue sur mon cadavre.

Et Buyu : sautillant sur une jetée en compagnie d'une bande de chiens errants dressés sur leurs pattes arrière, lui et eux hurlant à la lune.

Je refais surface et j'attrape la balle. Les mains du professeur remontent la ficelle et moi avec.

Sur la rampe où ils hissaient autrefois les baleines pour les vider, je sens Moonfleet lécher le sel et le sang de ma peau déchiquetée.

Dans la bouche, j'ai le goût salé de la honte d'avoir abandonné ma mère égarée et toujours pas guérie, et Hunter si sèche et si mélancolique, et Buyu si impatient et si excité.

Et pourtant j'aurais aimé qu'un rocher mette fin à ce désir dérisoire pour Lotte, mette fin aussi au souvenir des Polaroïd de la police que j'ai retrouvés dans le tiroir de Zero : la peau abîmée par le soleil et couverte de griffures de ma sœur dans une dune, de ses mains repliées comme les pattes d'un chat, avec du fil de fer.

Le monde se met à tourner. Je ferme les yeux.

Des pouces me relèvent les paupières. Le professeur est penché sur moi. Il examine la triste épave à ses pieds et secoue la tête. Peut-être pense-t-il : *C'était donc pour ça que j'ai enroulé et déroulé ma ficelle pendant si longtemps ?*

Puis il regarde la mer qui a pris l'amour de sa vie et m'a épargné par caprice.

Depuis la falaise au-dessus de nous, le bossu souffle dans sa *vuvuzela* : un chant d'amour interminable, viscéral, lancinant pour ce Sud beau, fou et cruel.

Glossaire

Baleka : « cours ! » (xhosa)
Bergie : vagabond du Cap (dérivé du mot *berg*)
Bergwind : vent chaud et sec soufflant de la terre vers la mer
Biltong : viande de koudou séchée au soleil
Bindi : point rouge vif dessiné sur le front des femmes en Inde
Bliksem : vaurien
Boer : fermier, paysan ; dans le langage des Noirs : policier (Pays-Bas)
Boerewors : saucisses traditionnelles épicées d'Afrique du Sud (afrikaans)
Bong : pipe à marijuana
Braai : barbecue (afrikaans)
Buchu : fleur sauvage utilisée pour soigner les malades chez les Hottentots
Bundu : brousse (xhosa)
Chimurenga : guerre révolutionnaire de libération contre la domination blanche en Rhodésie
Chum : appât utilisé pour attirer les requins
Coloured : expression issue de l'apartheid pour désigner les étrangers ou les métis

Dassie : petit mammifère herbivore d'Afrique et du Moyen-Orient, appelé familièrement « lapin des rochers »
Dhow : bâteau de pêche à voiles
Didjeridu (ou didgeridoo) : instrument de musique à vent d'origine aborigène
Dorp : village (néerlandais)
Fafi (ou mo-china) : jeu de hasard joué par les Noirs en Afrique du Sud
Fermata : point d'orgue dans une partition (italien)
Fever tree : espèce d'acacia que l'on trouve dans le sud et l'est de l'Afrique
Fynbos : fleurs sauvages qui poussent au Cap
Gandanga : soldat rebelle ; dans ce roman : meurtrier (shona)
Ganja : marijuana
Gumagumas : bandits qui se cachent dans le *bundu* pour attaquer et voler les voyageurs
Hadeda : ibis
Hanepoot : raisin du Cap qui donne un vin très doux
Hleka mfazi : oiseau dont les gloussements ressemblent aux rires d'une femme (zoulou et shona)
Hottentot : bergers nomades
Howdah : selle permettant de se tenir debout pour se déplacer à dos d'éléphant (et tirer sur les tigres)
Isinjonjo : sexe masculin (argot des *townships*)
Jambanja : violence ou chaos provoqué par l'expulsion et le déracinement d'un peuple
Jamboree : rassemblement, mélange
Kaffir plum : prunier sauvage
Kapenta (sardine du Tanganyika) : poisson que l'on trouve en Zambie et au Zimbabwe

Karakul : espèce de mouton particulièrement résistante qui vit dans les paysages arides (comme en Namibie)
Kelp : algues sous-marines ressemblant à des bambous
Kikoi : vêtement à franges d'Afrique de l'Est (Kiswahili)
Koki : stylo-feutre
Laaitie : jeune garçon (argot sud-africain)
Leguaans : iguane
Loco : fou (espagnol)
Makwerekwere : étranger venant d'un autre pays d'Afrique
Malaishas : passeurs qui permettent de franchir la frontière en échange d'argent
Maskandi : musiciens zoulous qui vivent en allant jouer de village en village
Mbira (ou kalimba) : instrument de musique doté d'un clavier en métal
Middag : après-midi (afrikaans)
Moffie : homosexuel ou garçon à l'allure efféminée
Monkey-thorn : espèce d'acacia
Mucho mucho dinero : beaucoup beaucoup d'argent (espagnol)
Mukwa : bois du Zimbabwze (facile à sculpter)
Muti : médecine (zoulou)
Panga : machette (swahili)
Perlemoen : ormeau
Rooibos : thé rouge de Clanwilliam, au Cap
Rooinek : plouc ; mot boer pour les Anglais bronzés
Sadza (ou pap) : farine de maïs (shona)
Sambuca : ouzo italien
Sarong : pièce de tissu rectangulaire que l'on noue autour du corps
Sangoma : guérisseur ou chaman

Shebeen : bar n'ayant pas la licence d'alcool dans un *township* (Irlande)

Snoek : espèce de poisson marin

Steenbok : espèce d'antilope remarquable par sa petite taille et son agilité

Steenbrass : espèce de poisson extrêmement répandue en Afrique du Sud

Tilapia : poisson d'eau douce

Tixo : Dieu (xhosa)

Township : ghetto noir des villes d'Afrique du Sud (anglais)

Tsotsi : gangster des *townships* (Athol Fugard a écrit un roman appelé *Tsotsi*)

Tula : silence

Veld : campagne (néerlandais)

Voetsek : « foutez le camp » (afrikaans)

Vuvuzela : longue trompette dans laquelle soufflent les fans lors des matchs de football en Afrique du Sud

Xhosa : tribu de l'est du Cap

Zaftig : juteux, pulpeux

Salutations

À Johnny Clegg pour m'avoir laissé lui emprunter les mots de sa chanson. À Peter Godwin pour avoir jeté un coup d'œil à l'intrigue de l'histoire du Zimbabwe. À Isobel Dixon, Scott Eddington, Jason Hinojosa, Andrew MacDonald et James Scorer pour leur lecture, crayon en main. À Lisa C. pour son travail d'édition habile et à Megan Southey chez Jacana pour sa lecture des épreuves. À Nigel Gwynne-Evans pour avoir été mon sherpa sur la montagne de la Table. À Anderson Tepper, Chris Crutcher, Cindy Hood, John Johnson, Juliet, Leon Kandelaars, Zakes Mda, Micha, Geoff Roberts, Helena Spring, Joshua Sternlicht, Tim Volem pour leur foi dans ma capacité à raconter une histoire. À Craig Morris et à Greig Coetzee pour m'avoir prêté des ailes de mots. À Hugh Masekela et à Bafo Bafo pour leurs airs magiques.

Composition et mise en page

NORD COMPO
multimédia

Cet ouvrage a été achevé d'imprimer en mai 2013
dans les ateliers de Normandie Roto Impression s.a.s.
61250 Lonrai
N° d'édition : L.01ELHN000305.N001
N° d'impression : 132126
Dépôt légal : août 2013

Imprimé en France